烈火丹心

王维爽 著

四川大学出版社

图书在版编目（CIP）数据

烈火丹心 / 王维爽著 . — 2 版 . — 成都 : 四川大
学出版社，2024.3
ISBN 978-7-5690-6654-8

Ⅰ . ①烈… Ⅱ . ①王… Ⅲ . ①报告文学－中国－当代
Ⅳ . ① I25

中国国家版本馆 CIP 数据核字（2024）第 029854 号

书　　名：烈火丹心
　　　　　Liehuo Danxin
著　　者：王维爽

选题策划：王小碧
责任编辑：王小碧
责任校对：廖仁龙
装帧设计：汇文书联
责任印制：王　炜

出版发行：四川大学出版社有限责任公司
　　　　　地址：成都市一环路南一段 24 号（610065）
　　　　　电话：（028）85408311（发行部）、85400276（总编室）
　　　　　电子邮箱：scupress@vip.163.com
　　　　　网址：https://press.scu.edu.cn
印前制作：汇文书联
印刷装订：成都市川侨印务有限公司

成品尺寸：170 mm×240 mm
印　　张：12
字　　数：193 千字

版　　次：2021 年 1 月　第 1 版
　　　　　2024 年 3 月　第 2 版
印　　次：2024 年 3 月　第 1 次印刷
印　　数：1—2530 册
定　　价：58.00 元

本社图书如有印装质量问题，请联系发行部调换

扫码获取数字资源

四川大学出版社
微信公众号

奋战在初升的阳光里（藤开富摄）

夜间冲天的火光让星光也变得暗淡（王维爽摄）

进攻（卢耀强摄）

艰辛（卢耀强摄）

阻挡（代晋恺摄）

夜战（代晋恺摄）

一位采菌子的老人穿过被火烧过的林子往更远的山走去（王维爽摄）

2019年冬春防火期里，四川省凉山彝族自治州（后简称凉山州）出现了"50年不遇"的秋旱连冬干又接春旱的异常干旱状况，导致森林火险等级居高不下，发生了大大小小几十起森林火情，凉山州森林消防支队连续作战，参与扑救了20余起林火。有时候凉山州多个地方山火同时爆发，四川省森林消防总队统一部署，多次调派所属的攀枝花、阿坝、甘孜森林消防支队和成都特种救援大队跨区增援扑救。

每一次出发，都是与死神的博弈；每一次归来，仿佛都是涅槃后的重生。可这一次，我们并没有如期等到西昌大队27名指战员的归来。

对于四川省森林消防总队凉山支队来说，赵万昆、蒋飞飞、张浩、刘代旭、幸更繁、代晋恺、程方伟、陈益波、赵耀东、丁振军、唐博英、李灵宏、孟兆星、查卫光、郭启、周鹏、张成朋、赵永一、古剑辉、张帅、高继垲、汪耀峰、孔祥磊、杨瑞伦、康荣臻、徐鹏龙、王佛军，这些英雄的名字，牵动的不仅仅是每个人的心。他们在木里"3·30"扑火行动中英勇牺牲，将自己的一生献给了森林消防事业。

告别家乡，他们选择成为一名森林消防员，保卫我们生存的家园，赴汤蹈火，他们只为守护那一片林海。

"国家兴亡，匹夫有责"。国家重任让他们义无反顾，勇于担当让他们奋不顾身。多少人想象着面朝大海，春暖花开；多少人希望着国泰民安，河山永固；多少人向往着岁月静好，现世安稳。看不见黑暗，是因为有人用生命照亮了黑暗的地方。看不见战火与硝烟，是因为有人替我们背负重担。哪有什么岁月静好，只不过是有人替我们负重前行。哪有什么现世安稳，只不过是有人替我们遮风挡雨。

因为人民的利益高于一切，英雄们用宝贵的青春和生命，践行着人民消防为人民的铮铮誓言。在火红的青春年华，他们代表一代人为几代人树起了永恒担当的民族丰碑。铭记他们的名字，让英雄们的生命在如血般的烈焰中永生。

一

2019 年 1 月 7 日 15 时 30 分，四川省甘孜藏族自治州（后简称甘孜州）九龙县子耳乡，滚滚浓烟从山林的西侧飘来。

"坏了坏了，肯定是山里着火了！"看到如此景象，正在山上放牧的郑国华来不及考虑是什么具体情况，急忙招呼妻子，并组织村民赶着牦牛下山。

当他们跑到山脚时，已经接近傍晚，大火越过了山头，林子里也被烟雾笼罩。回到家里，郑国华和妻子细数着心爱的牦牛，在确认没有丢失后才稍微放下怦怦乱跳的心。

"这火到底是怎么回事，会不会烧到家里来啊？"一个村民不解地问。

"我家里储存的干草就够牛吃两天，不晓得能不能挺到火灭呀？这山上的草都烧光了，我们五家人 100 多头牦牛去哪里放啊？"……几个小时的忐忑忑忑，山上的火势不但没小，反而越烧越大，失落和无助弥漫在每个村民心头！

2015 年，国家精准扶贫政策普及全国，甘孜州九龙县子耳乡被列为重点扶贫乡，郑国华所在的杜公村就是子耳乡的其中一村。结合村庄实际，村民一致同意大力发展畜牧业以脱贫致富。政策落实后，村里的每个人不但能领到国家发放的扶贫生活补助费，还能借助政府提供的畜牧种资源无息贷款养殖牦牛、绵羊等。为了避免放牧引发各种矛盾问题，村里将附近的森林划分成片，圈定每家每户的护林和放牧范围。郑国华和村里的 4 个邻居划分到村后的 3 个山头，由郑国华担任组长负责管理。2017 年 5 家人都顺利还清了购买畜牧种的钱，都在 2018 年实现盈利，成功实现脱贫。大家都尝到了政策带来的甜头，日子也越来越好，并商量着准备今年开春扩大养殖规模和种类，但突如其来的山火却无情地打破了他们的美好愿景。

山上起火那天，郑国华和妻子和往常一样在村里给自家划分的山上放牧。子耳乡的山里不像甘孜其他地方，这里没有野生菌、松茸、虫草，20 头牦牛就是他们生计的来源，所以两人格外细心。每天，他和妻子都带着自己做的干粮按时上山，牛走到哪儿他们就跟到哪儿，每天要来回数好几遍，生怕丢了一头，这样的生活已经有四年了。

整个晚上郑国华都迷迷糊糊的，他还积极参加了乡里村里集结村民准备上山打火的各项工作。深夜，他回到家准备躺下休息一会儿，就听到村外轰隆的汽车马达声，郑国华拿起手机一看，凌晨 2 点半！他随手拿起床边的衣服，边走边穿跑了出去，刚打开房门就看到一个正向山里行驶的车队，车灯把整条路照得通亮，和他一起住在山脚下的村民也都出来了。

经过交流询问，郑国华知道了这是森林消防的车队，正是为扑救森林火灾来的。火灾发生后，四川省森林消防总队从成都、攀枝花、凉山、甘孜四个方向调派森林消防指战员赶赴现场实施扑救。这时，村主任也把大家召集在一起说明了情况，并让对火场山地熟悉的郑国华所在小组，给最先到达火场的甘孜森林消防支队引路。

凌晨四点多星光正亮的时候，从凉山州西昌、木里两个方向赶来的凉山森林消防支队也到了。队员们都一晚没有合眼，在身体已经极度疲惫的状态下，毅然背起 10 多公斤重的装备徒步赶向火场。

火场很大，烟雾弥漫，火光冲天，从山脚延伸到山顶。凉山支队报道员代晋恺走在崎岖的山道上，看着不远处的林火、树木、黄烟和远处光秃秃黑乎乎的山，觉得熟悉又陌生。对比之下，他还是更喜欢绿水和青山，要不是为了守护这金山银山，他们也不会大老远跑到这从来没听说过的地方救火。

手机"叮"响了一声，接着又响了几声，是微信消息提示。进了山信号就断了，现在又收到微信消息，真是很惊喜啊！代晋恺赶紧掏出手机查看，这么频繁给他发信息的人，多半是程雪力。程雪力是代晋恺的战友兼师父，原本是凉山森林消防支队摄影俱乐部主任，被抽调到总队机关负责宣传工作，这次没有上前线，但从他们出发到火场，程雪力一直在跟踪大家的情况。一方面，他为星夜兼程的队友们的安全担心，另一方面他想及时掌握灭火作战情况，第一时间进行报道，这是他作为报道员的职责。

郑国华被分派给甘孜州森林消防支队当向导。刚开始大家还有些生疏，只是简单的带路、寒暄和询问，但接近火线的路实在太难走，与其说是走路，不如说是在开路，很多地方需要砍掉挡道的树枝，或是绑上攀登绳多人协作才能勉强通过，加上海拔高、坡度陡，往往走一会儿就得停下来休息。休息之余和行进之间，郑国华的话匣子便被消防员们的关心和热情打开了。

郑国华告诉甘孜州森林消防支队雅江大队副大队长张国胜："我昨天晚上一晚上都没敢合眼，一直想这个火赶快熄，不然我们好几家人的牦牛都不晓得拿啥子喂了，我们又没得其他收入，就靠养牛赚点钱！"

知道了郑国华家里的情况后，张国胜深有感触地说："大哥，我晓得你的心情，以前我们老家，经常下大雨，把谷子淹了，我们心里也慌得很。一家人都靠天吃饭，都盼着好天气才有个好收成！"

郑国华诧异了，这领导还是地地道道的农民，又说道："哪个说不是嘛。我们这儿海拔还不算太高，基本上都有草喂，就是一到冬天草干了容易着火。还好你们来得快，这个火应该烧不到山对面去了！"

"放心嘛，组长大哥，现在我们一部分人已经用水把山下的草木浇湿了，也安排了一个分队专门看守着，火跑不过去的！"张国胜安慰道。

不知不觉郑国华已经带着队员们爬了四个多小时的山，在隔着一条沟的地方就能看见火烧的痕迹，地里还有明火和烟点。

"张队长，快点快点，就在前面了！"郑国华急切地回过头来大声喊身后的队员，喊完后便三步当两步跨过沟，拿着树枝冲过去，就像见了敌人一样开始打了起来！森林消防员们也拉开阵势扑打开来。

看着郑国华用笨拙的"手法"打着火，张国胜会心一笑，带着油锯手赶到郑国华面前，顺手递给他一把工兵锹。

　　"这里的山太陡了，千万不要这样打火，不然有的火团就会滚到山下形成新的火点。一定要把火星处理了，洒点儿水浇灭或者弄点土埋起来，不然一刮风就会复燃。"张国胜一边处理火点一边教着郑国华。

　　"嗯嗯，打火你们是行家，我没打过啥子火。"说话间，郑国华也跟着有模有样地干了起来。

　　山腰上，火线正熊熊燃烧，代晋恺和队友们根本无法靠近，只能依靠开设隔离带对火场进行控制，但依旧有一些带着火星的木枝滚落而下，引燃了还未燃烧过的草丛。新的火线就在他们上方 50 米处燃烧起来，干枯的灌木一点就着，火势也在逐渐增大。

　　新形成的火线如果不及时扑灭，将会对队员们造成生命威胁，同时也会对另一座未烧过的山造成威胁。接管带、装枪头、启动水泵……木里大队六中队消防员刘萧手握枪头，站在燃烧的大树下方，火焰就在他的头顶燃烧，散发出的热浪烤得他浑身发烫，被汗水浸透的扑火服贴在了身上，炽热的温度不断地刺激着他的神经，他忍受着全身的灼痛与火魔展开搏斗。

　　火苗被扑灭后，呛人的黑烟弥漫四周，到处都是焦腥味。刘萧将管带中未流尽的水从头浇下，以此来降低身体的温度，流下的水顺着扑火服包裹的身体滑落，他发烫的身体也变得舒适一些。

　　代晋恺用相机记录下了这一幕，这些年他对火场印象最深的感受，不是来自那些摧枯拉朽几乎横扫一切的大火，而是来自这些常年和火魔打交道的森林消防员的脸，来自战友们被火烤得焦黑没有一点水分的脸。

　　代晋恺下山后第一时间把拍摄的素材传给了程雪力和媒体记者，正是有了这些火场上的宣传员，森林消防队的事迹才得以广为人知，让大家见证了一支支被一场场山火锤炼的森林消防队伍，在血与火、生与死的拼搏中成长。

　　甘孜州地广人稀，每年春季气温回暖、降水偏少、气候干燥，高火险天气频繁。这次电路碰火引发的山火好在发现得早、出动得快，没酿成大灾，经过两天多的紧张扑救，1 月 9 日 17 时 30 分，山火全部被扑灭。

　　火场"三无"后，张国胜准备带着队员们撤离。临行前，郑国华主动邀请大家合影留念，并深情地跟每名队员握手拥抱致谢，嘴里一直在念叨："火灭了，我们的牦牛有救了，我们的生活也有希望了！"

二

　　从甘孜火场回来十来天后，一面鲜红的锦旗在风中摇摆着被送到了凉山支队，锦旗上"真情援助、灭火神勇"八个大字格外引人注目。甘孜州九龙县委副书记扎西邓珠带着村民的感激来了，他将饱含村民感激之情的锦旗交到了支队长仲吉会的手中。

　　"感谢你们保护了九龙县的生态环境，守护了九龙县人民群众的生命财产安全。在九龙县'1·7'森林火灾扑救中，你们冒着生命危险，坚持战斗在一线的故事，已经留在了那片土地上。"扎西邓珠说。

　　冬日的凉山，红通通的太阳每天从东边的山垭升起，温热的阳光挥洒在凉山的每一寸土地上，吹过的干风让整个大山越发燥了起来。是啊，凉山的冬天就是这样，没有一点正经冬天的样子，让整个防火期早早到来，迟迟不去。凉山森林消防支队上上下下忙活着灭火战备，队伍经常到村寨街巷开展防火宣传，地方防火办、森林公安的宣传车也加紧了步伐，沿路一遍一遍地播报着防火宣传语，不少地方也贴上了宣传标语和横幅。但这些还是阻挡不了森林火灾的发生。

　　2019年1月28日，农历小年，凌晨2时的一道紧急命令，叫醒了睡梦中的凉山支队队员。因野外用火不当，凉山州盐源县前所乡发生了森林火灾。

　　代晋恺快速穿戴整齐，带上他的战地三件套（相机、手机和电脑）急急奔向就要出发的车队。凉山还是着火了，大半夜的这火是怎么着的呢？代晋恺此时已睡意全无，考虑着眼前的事，师父程雪力不在，支队一线宣传上的事基本都落在了他身上。灭火行动中报道员其实挺累的，只要队伍一行动，报道员就得跟踪拍摄，记录上上下下的一令一行、决策部署，到达火场后又得紧随扑火队伍拍摄火场情况、作战情况，火灾过后大家休息的时候又得忙着整理资料、撰稿发稿。现在代晋恺的大脑已经开始全负荷运转起来。

车队跑了三个小时，切着山脊跑进前所乡时已接近天亮。车上除了驾驶员、带车干部、机关前线指挥部还在忙着手里的活，大部分队员都又在车里睡了一觉。凉山的夜空清澈而深邃，一弯明月悬挂在高高的天空。代晋恺看到月亮，才想起今天刚好是农历小年。是个好日子啊！赶往前所乡的途中，擦肩而过的婚车有好几拨，不少人家都选择在这良辰吉日办婚礼，都选了清晨的吉时进门。支队下属的西昌大队三中队中队长蒋飞飞看着这熟悉的一幕心里暖暖的，自己与妻子虽然领了结婚证，但还没有举办婚礼，他想象中自己办婚礼的时候也就是这样的景象。班长高继凯静静地看着车窗外的婚车队伍，幻想着等自己结婚的时候也要气派一下。森林消防员们穿着红色的扑火服，在路上与婚礼队伍短暂地喜庆辉映后，走向了与火魔决斗的一线战场。

快到火场时，车队沿着黑压压的山谷往上攀。窄窄的土石路一边是峭壁，一边是悬崖，路旁没有护栏、护墩，摇摇晃晃的车子感觉有半边在腾云驾雾。被摇醒的队员们抓紧把手紧盯着前方，眼皮再也合不上了。

火场是山岭上的高山坡地，周围全是黑压压的森林和白得瘆人的高崖，沟壑纵横，地势险峻。前线指挥部首先启用无人机做勘查，看见遍布的云南松和杂灌，厚厚的林中腐殖层。扑救的难度不小，他们只得采用多点突破、分割围歼、地空配合、立体灭火的方式展开扑救。

经过一个多小时的攀爬，队员们到达了火线上方。浓烟在树间升腾。蒋飞飞让其他队员先原地调整，自己带着程方伟和康桂铭两名队员，组成先遣侦查组向火线走去。70度的山坡上铺满了松针，踩在上面容易打滑，程方伟因为脚下踩滑突然向山沟滑了下去，面对深不见底的山沟，程方伟本能地伸手往地上抓，所幸他抓住了身旁一棵并不是很粗的树，蒋飞飞慢慢绕到他身后，用双手扶住了他，防止他再次滑落。看着那棵小树，程方伟心中有些感激，自己在保护森林的同时，森林里的树木也在保护着自己。

是时候了，摸清情况后，战斗瞬间打响，直到这一天的天色逐渐暗淡下来，林中的明火才基本被扑灭。队员们纷纷打开头灯对一些烟点进行最后的清理。为了防止被扑灭的火线死灰复燃，在每一场灭火战斗中，他们对每一处烟点都处理得非常仔细，或用水浇，或用土掩，确认一处烟点完全无威胁后，再对下一处烟点进行处理。

派出无人机最后一次升空观察火场情况后，凉山森林消防支队政委颜金国向队员们下达了收队命令。

"今天的任务已经完成，一线的队员们辛苦了。大家在返途中注意安全，山下已为你们备好热菜热饭。明早，我们将对火线发起总攻！"他通过对讲机说。

"注意有坎，小心滚石，踩着我的脚步走！"队伍撤离的时候天已完全黑了下来，大家一边走，一边回头相互提醒，一句句提醒的话语，让回程多了些温暖，少了些乏味。

老话说上山容易下山难，这话没一点毛病，下山看似不费力气，却是伤腿得很，尤其是森林消防员们背着重重的机具，每往下走一步都是对膝盖的考验。队伍中不少队员在打火归来后出现膝盖疼的情况，主要原因就是下山时伤了十字韧带。久而久之，大家都记住了"上山大腿酸，下山膝盖疼"这句话。

队员们在头灯的照射中一个跟着一个走，远远看去，灯光点点的队伍就像挂在树上的一串小彩灯，一闪一闪的。大家常常行走在陡峭的山路上，晚间走山路一不小心就会摔跤，脚下踩滑或者腿一软身体重心就会往后倒，往往就是屁股先着地，要是摔在光滑的地方还好，要是摔在石头、木桩子上那就有得受了。情况最严重的是摔到悬崖下，前进时踩空或者被绊脚没稳住就会摔崖，轻则摔个嘴啃泥，重的话甚至会伤及性命。尽管大家很小心翼翼地行走，但队伍里还是有人摔了跤，幸好只是有惊无险，大家一笑了之。这种情况很常见，几乎没有谁敢说他没在山上摔过跤。

队员们撤到山下时，很多村民们早已等在那里，就是为了能第一时间对队员们说声："谢谢你们，你们辛苦了。"村民们表达着感谢，还沿途用手电筒为队员们照亮道路。

填饱肚子后，队员们便倒头而睡，一个个累得全身就像散架了一般，躺下就一动不动了，你想想，前一天夜里赶路坐了半夜的车，又扑了一天的火，能不累吗？

代晋恺在电脑前处理完照片和视频，上传给程雪力和几个早已联系好的媒体老师后，时间已进入子夜，他打算把一天的灭火行动详细写一写。刚开始的时候，他有浪漫的遐想，把头顶的星星当作被子上盛开的花朵，把四周随风摇曳的树当作为他驱除热气的摇扇。后来疲倦像洪水一样袭来，熬到大约凌晨一点多的时候，他终于支持不住睡着了。

第二天清晨，太阳才在一座山峰的顶峰露出半张脸，橘红色的晨光透过高大茂密的树丛洒落到火场的林荫上，队员们已经急匆匆赶去火场扑灭林火，忙碌在斑驳的光影当中了。直到 29 日中午 12 点山火被彻底扑灭时，森林消防员们已鏖战了近 29 个小时，他们在火场过了一个难忘的小年。

森林消防员，每一次出任务都要背上几十斤的装备，每一次出任务都可能在半夜两三点，每一次灭火都经历着长达几十个小时的不休不眠。他们有着全年无休与火魔鏖战、直面火光、毅然走进火灾现场的勇敢，他们用青春报效祖国，用生命守护家园，用勇敢带去生的希望。

三

在凉山，火是彝族追求的光明，彝族百姓对火情有独钟，从生下来在火塘边举行命名仪式到与火有关的各种活动，他们的一生与火结下不解之缘。凉山彝族自治州州府西昌市位于四川省西南部，是全国最大的彝族聚居区。临近春节，火这一元素开始在彝族百姓中活跃起来。

"百姓过年，我们过关。今年坚决不能让火苗上山！"每年春节前后，凉山州森林消防支队指战员们巡逻在一处处火灾隐患点。他们身后2500平方公里的彝族美丽家园都是森林火险重点地段。爬上泸山顶峰，可以居高临下俯视这座"湖光山色美、民俗风情浓"的美丽小城，山顶上的视野最开阔，森林消防员经常占据山顶有利地势。

消防员幸更繁的站位在巡逻分队最后面，他负责通信传输。夜幕降临，他刚完成2小时的巡逻任务，正靠着一棵树打着手电筒检查装备。通信设备是森林火场信息传输的核心装备，使用率最高，负责通信传输的队员需24小时轮流值班，每2小时要传输1次林区情况。城中的灯火逐渐熄灭，街道安静下来，从下午就开始沿着山脚一点一点巡护到山顶的队员，面容上已显出疲态。山下灿烂的烟火在同一时间升空、绽放然后消失，周而复始，大家就站在山顶上看完那场烟火盛宴后聊起了往事。

"咱们到火堆旁烤着火慢慢聊呗！"消防员张帅催促大家。防火巡逻到深夜，他们会生起一个小小的火堆休息取暖，在火堆旁分享自己的经历。

"那咱们就聊聊火吧。啥是火知道吗？"消防员孔祥磊首先发问。

"火是物质燃烧过程中散发出光和热的现象，温度很高，是能量释放的一种方式。火焰分为焰心、中焰和外焰，温度由内到外依次升高，蓝色的火焰温度最高。外焰温度最高，焰心最低。火失控时，常常称作失火或火灾，危害非常大，森林火灾尤其如此。"这是汉字"火"的解释。

消防员幸更繁对着手机念完刚搜索出的结果，张帅接过手机继续给大家科普："人类对火的认识、使用和掌握，是人类认识自然并利用自然来改善生产和生活的第一次实践。火的应用，在人类文明发展史上有极其重要的意义。从100多万年前的元谋人，到50万年前的北京人，都留下了用火的痕迹。人类最初使用的都是自然火。人工取火发明以后，原始人掌握了一种强大的自然力，促进了人类的体制和社会的发展，而最终把人与动物分开。""啧啧，火还挺伟大呢！"

孔祥磊说："是啊。进了山，不生个火做点饭，就吃不上一口热的；咱们上山扑火，一到晚上，不烧点火烤烤可能得冻死；灭火作战中遇到险情我们都是用以火攻火的方式来紧急避险，火对我们来说亦敌亦友啊。哎，希望今年这个年能消停点。记得那年我们正吃着零食看着春晚，有些队员还在微信群里抢红包呢，突然传来泸山发现火情的消息，结果去把火扑完回来年也过完了。"

孔祥磊在火场上摸爬滚打十多年，属于那种见了火就兴奋，上了山就停不下脚来的人。他不怕打火，但没想到今年这个年这么不消停。

2019年的春节来得很晚，过了元旦还折腾了很久，直到2月4日，除夕才姗姗而来。可是，它来得早与晚和扑火队员关系似乎不大。

2月3日，农历腊月二十九，百姓们赶场（一年中最后一次赶集的日子）。这一天，凉山支队每个班出一个人，带着班里队员们罗列的物品清单，高高兴兴地前往市场购置年货。在家的队员们还认真清扫了营院，插彩旗、挂灯笼、贴对联，将家里收拾得漂漂亮亮的，准备迎接除夕和春节的到来。

可是，他们先迎来了一场火。17时，凉山州喜德县西河乡苏则口村发生了森林火灾。接到火情通报后，远在成都的四川省森林消防总队指挥中心立即启动了应急预案，向凉山支队发出预先号令。顿时，原本一派平和的画面变成了紧张激烈的战前准备，队员们在警报声中冲进班里，争先恐后地换着战斗服，穿戴整齐后在操场上集合。但他们没有立即出动，他们在等总队的出动命令，而总队在收集火场情况的同时也在等地方政府的通知。地方政府派出了部分人员正在扑救，如果火情得以控制，他们就不会兴师动众地让森林消防支队增援。

希望火能早点控制住，这样的话大家就不用上火场了。全副武装的队员们相互交谈着。

"我看悬，这时候风大，火蔓延得快，咱们不去估计不行。"班长高继凯凭着经验告诉大家。

等待命令的时候，队员们总是焦虑、纠结、不安的，到底要不要跟家人说，说了怕他们担心，不说又怕没有机会了。大多人选择了不说，就算在视频连线时被家人看着他们穿上了扑火服，也是随口答应："战备，就是要穿这一身。"

那一晚，火最终还是没控制住。2月4日凌晨4时30分，60名指战员在黑夜中奔赴火场。选择这个点出发刚刚好，大家休息得差不多，于6时50分到达火场，天也亮了，打起火来不摸黑。

经过无人机升空观察，颜金国果断决策从火场东线、北线展开扑救。7时30分，指战员从火场东线，采取用常规机具多点突破、分割围歼、递进超越、地空配合的立体战法，由东向北进行扑打。南方航空护林总站派出1架M26直升机实施空中侦察和吊桶作业帮助灭火，地方专业扑火队50名队员参与扑救工作。2月4日中午12时，在大家的奋力反击下，火场明火被全部消灭，只剩零星烟点在隐秘处喘息着，森林消防队员逐个清理，不放过点滴隐患。

正待大家清理烟点的时候，后方传来了另一处着火的消息，着火点位于四川省凉山州喜德县且拖乡，离大家所在位置300多公里。顾不上回撤和休息，大家直接奔赴且拖。

客车上的车载电视播放着春晚，跨年晚会的喜庆没有让队员们的心思从火场上转移出来，他们心里满满都是这场跨年火灾，都想早点到达火场，早点把林火扑灭，早点回去也过几天正常的年。抱着这份心，他们实现了"打早、打小、打了"的目标，截至大年初一上午，两起火灾相继被扑灭。

"大年三十、大年初一全在火场度过，今年真的要火呀。"扑灭且拖乡火灾后，消防员谢云露说。

四

　　"今年真的要火呀"，谢云露没想到自己顺口说的一句话变成了残酷的现实。春节期间，四川省境内发生多起森林火灾。在万家团圆的时刻，四川省森林消防总队全体指战员共参与扑救森林火灾 6 起。就在 2 月 10 日正月初六，春节长假的最后一天，凉山州木里县三桷桠乡里铺村和高房子村交界处发生森林火灾，森林消防员们再次换上火红的行装向火场赶去，整个七天长假他们不是在火场，就是在去火场的路上，连续转战，每天每人行走的平均步数超过 4 万。

　　火灾发生后，应急管理部协同森林消防局，第一时间调集扑火队员投入火场，同时协调调动 3 架直升机参与灭火。四川省森林消防总队前线指挥部会同四川省、凉山州、木里县等相关部门领导深入火场查看，研判火情，会商灭火方案，由于火场位于川西高原，最高海拔达到 3500 米，山高坡陡，腐殖层厚，局部有地下火，扑救难度较大。经火场联合指挥部决定，凉山支队 130 人在火场东北线，采取一点突破、两翼推进的战法沿火线向南扑打；成都大队 150 人在火场东南线玛雅台子沟突破火线，尔后向北扑打；由于山高坡陡，加上消防指战员平均负重十多公斤，当天阵风风力达到七八级，扑救难度较大，火场情况不容乐观。10 日下午，前线指挥部决定派甘孜和阿坝两个支队增援火场，其中最远的阿坝支队松潘大队距离火场将近 1000 公里。

　　火灾发生后的这几天，可能是 13 岁的沈俊熙长这么大以来最开眼界的几天。他的家就在火场边上的里铺村矮子沟组，这个组有 50 余户共 300 余村民，稀稀疏疏地分散居住在山坡上。这几天里，他看到自家村子后面的森林被熊熊大火吞噬，他看到直升机一趟趟提着吊桶从头顶飞过，他看到大大小小的车辆来到这小村里，一群群身穿红色服装的森林消防队员每天起早贪黑在林子里与大火周旋，灭完火后又消失在大山里。

收到增援命令前，松潘中队指导员彭博早已做好增援准备，接到电话后，他迅速穿戴整齐冲向主楼。但他的妻子唐庆突然听到要马上出发的消息时慌了神，脑袋一下子蒙了。唐庆和其他 3 名来队过年的家属跟着也冲了出去，看到主楼外已经整齐停放了 3 辆车，队员们都已经穿好灭火服、戴好了头盔，正忙而不乱地往车里装载物资。唐庆和几个家属突然意识到他们真的要出发了，于是各自又冲回屋里想着要拿点什么，唐庆不知道彭博到底需要些啥，这个时候的第一反应是，又冷又远的地方第一要保证吃，第二要保证暖。于是唐庆胡乱地把屋里所有能吃能喝的都装进口袋，急急忙忙地给彭博送过去，总担心遗漏了什么，又来来回回地跑了三四趟……大约 22 时 20 分，他们的车消失在 4 个家属的视线里，而唐庆那会儿还没有缓过来，像是一场梦，等他们走了才发现彼此都没有好好告别，只忙着不知所措地担心。

4 个家属晃晃悠悠地回到了招待所，都不愿意回到自己的房间，在其中一个房间里聊了很久。

"木里那么远，又这么晚，真的很危险。""他们是离得最远的一支队伍，也都调过去了，山火肯定很大吧。""晚上他就没吃多少，又要出任务，饿了怎么办？""他一个人开车又没得换，到木里近 1000 公里，太辛苦了，身体怎么吃得消啊，他们真的太不容易了。"……大家怀揣着各自的担忧，就这么聊着，一直等到他们的车队经过了老龙湾（阿坝州内最危险的路段）的消息传来，才稍有些心安地各自回屋休息。

1000 公里的增援之路是艰辛的，10 日当晚，阿坝支队马尔康大队和松潘大队在汶川集结后编组向凉山进发，一路上雪域高原的山川慢慢消失在成都平原盆地深处，过了 3 处收费站，加了 2 次油后，又慢慢钻进大凉山里。

在漫水湾加油站，甘孜支队的车队也赶了上来，雪域高原上的两支森林消防队伍集结在了一起，战友相见，分外亲切，有的相互拥抱，有的两手紧紧地握在一起。车辆加满油后，两支队伍浩浩荡荡地结队向着火场继续前进。

下午6点，甘孜、阿坝两个支队指战员终于到达离火场最近的小镇，抬头看去，绵延的大山冒着浓烟，前线指挥部决定，两个支队继续向火场开进。在车里颠簸了十几个小时，队员们一个个摩拳擦掌，早准备上火场活动活动身子骨了，可没想到最艰难的路就在眼前。黄昏时分，车队在当地老乡的指引下沿小镇旁边的山路出发，车子开到了一定高度，麻花般的陡坡急弯拧在大家面前，驾驶着客车走在最前面的九寨沟中队驾驶员王军还以为得从其他地方绕过去，哪知路就是朝着那悬崖方向延伸的。客车里20多人眼睛瞪得大大的，借着车子的大灯看着前方，灯光照射之处只有窄窄的土路，转过一个急弯后前进不到20米又是一道急弯，路上厚厚的没有一点点水分的尘土在汽车尾气的吹动下瞬间扩散开来，将地面上指挥过弯的人笼罩，只剩下头盔上的灯光在如同沙尘暴一样的灰尘里晃动。此时车内半点声音也没有，只听得到驾驶员快速打方向盘时发出的声音，和汽车发动机拼了命的咆哮。那段路真像传说中的迷魂路，在月黑风高的夜里，它深不见底，高不见顶，路是从陡峭的黄土坡中凿出来的，远远看着那段悬崖，打着双闪的车队星星点点的，就像挂在天边的霓虹。

这一天的晚饭，队员们是在车上解决的，由于车身大弯道急，很多车子过弯时出现了状况，驾驶员们相互帮忙，只能走走停停，在这间隙里，指战员们拿出了携带的给养充饥。

充饥的给养大概有三种，第一种是单位配发的战备物资，有不同口味的自热米饭和压缩干粮，还有水果罐头、肉类罐头和蔬菜罐头；第二种是出发前单位自购的一些饮料、方便面、馒头等副食；最后一种是队员们在超市自行采购的零食。这里面最受欢迎的要数自热米饭，有肉有菜有米饭，热了后端出来相当于就是一盘盖浇饭，但自热米饭一般比较紧缺，每人每顿只能吃上一盒，300克的米饭、145克的配菜显然不够大家果腹。这时候有的人会开上一罐蔬菜罐头，有的人会撕开一袋面包，有的人会打开一袋方便面，因为没有热水就揉碎了撒上佐料干嚼着吃。这时候车厢里就会出现很温馨的一幕，有的人手里捧着罐头，有的人捧着方便面，有的人捧着面包，有的人捧着自热米饭，从这儿拿一口面包，从那儿撮一点方便面，大家都相互捞着吃，一根火腿肠掐成了几节，相互分享谁也不嫌弃谁，平日里谁都不愿吃的"垃圾食品"被此时的他们吃出了大餐的感觉。

队伍刚走的那天晚上，唐庆整晚都没有睡着，设想了很多不好的场景，一会又自我安慰地推翻设想，在矛盾的思绪里昏昏沉沉。其实其他家属也都没有睡着，每隔一会儿就有人在微信群里发各自收集的动态，就这么迷迷糊糊地到了第二天。

第二天，4位家属又早早聚到了一起，一边相互安慰：相信消防员们能够照顾好自己，完成任务；一边不停地刷微博、看新闻频道、刷朋友圈，等各自亲人回微信、时刻关注微信运动步数的变化，感觉时间过得特别慢。留守队员值班站哨，家属们就帮着做饭，煎熬地等待，等待消防员们与大部队会合的消息，等待消防员们抵达火场的消息，等待火势减弱的消息，等待火灭的消息，等待收队归来的消息，无尽的等待……

短短的几公里山路，车队折腾了好几个小时才通过，到达终点矮子沟组时已是12日凌晨。队员们在车上和衣而睡，为几小时后的总攻养精蓄锐。

从各地开过来的几十辆森林消防车几乎占满了里铺村的房前屋后，尤其是村后幼儿园前小球场上更是停得满满的，沈俊熙带着弟弟妹妹每天大部分时间都在这里玩耍，在这里他认识了很多森林消防指战员朋友，读六年级的他还学会了看队员们的衔级和臂章，分得清他们从哪里来，是哪个支队的。

不光是沈俊熙兄妹三人，村里的老老小小都被吸引到了这个地方，不时有人到队员们停车、做饭的地方"视察"，其他村民每每路过也会驻足良久，在他们眼里，这些扑火队员不仅是救民于水火的恩人，也是从远方来的客人，村民们打开了自家院子供队员们生火做饭，还为队员们提供生活所需的水和电。

阿坝支队马尔康大队的5辆车子就歪歪扭扭地挤靠在一个岔路口，路口岔进去的地方是一户农家，用石头打起的地基，泥土夯起的房子不太规则地坐落在一块坡地里，房屋最低处的一道木门里，一头老牛不时探出头来，注视着来回忙活的队员们，偶尔用牛角剐蹭着只有它脖子那么高的破烂不堪的木门，只靠一根铁线拉拢拴在墙上的木门被蹭得吱呀响，似乎就要支撑不住，随时可能崩开。

房屋的主人在小院的大门口站着，用不太听得懂的话语招呼着大家，他的家里已经收住了一小组从其他村赶来救火的老乡，在他的张罗下，马尔康大队高吉永大队长带着几名驾驶员和炊事员把锅灶、食材搬进了他家的小院，在一处角落放定，准备好第二天一早上山前给大家做吃的。

进到院子，大家才看清了这户人家的房屋格局，宽六七米，长十余米的院子两边，一边是不大的几间厢房，有几间放满了柴草和粮食、农具，有几间被扑火的老乡打满了地铺，另一边是两层的3间土房，中间的房子是房主家的客厅，客厅靠左下的地上，四块大石头围成的一个火坑里燃着暗暗的柴火，火坑不远处，一个木制楼梯斜靠着伸向黑乎乎的二楼，靠窗的墙边，一个有些年头的长条沙发静静地躺着，在吊顶上的灯泡发出的暗暗的灯光中，还能看到的就只有屋子右上角放着的没上漆却有些发黑的小木柜，还有柜子前的一张同样颜色的小木桌了。

院外坑洼不平的土路上，一些石块无情地挡在道上，坡头处，从地底冒出半截的水管不停地流着水，淌得满地泥泞。黑夜里，出出进进的人们都打着手电找着下脚的路走，从烂泥路一直到房主家，没有一处是平平整整用水泥硬化了的。

这一夜，房主一家可能也没睡好，凌晨4点多的时候，那一组外地的扑火老乡起床准备着出发，马尔康大队的炊事员也在院子里开始生火煮面，院子外的队员们也在卸着装备，一时间，说话声、喧闹声、卸装具的叮当声、发电机的突突声，让漆黑的夜闹腾了起来。

2月12日凌晨5时，灭火队员在夜色中向火场开进，前线指挥部决定利用清晨火场气温低、风力小的有利时机发起总攻。清晨，地方扑火队、当地百姓和直升机也进入火场展开协同作战。甘孜支队在火场西线，采取水泵与常规机具相结合的方式，沿火线向西南方向展开清理；阿坝支队在火场东南线展开扑救。12日9时26分火场明火全部被扑灭后，转入清理看守阶段。

在大家激战正酣时，沈俊熙也有自己的事要忙，他的父亲在外务工，母亲一早出了门，他要帮弟弟妹妹洗脸、穿衣、梳头，可弟弟妹妹不是太配合，兄妹三人在屋子里嬉笑闹腾了起来。

沿着嬉笑声找去，一间只有十多平方米的土屋，在阳光的照射中几乎与地上的黄土同为一色，一扇憔悴破烂的木门敞开着，若不是门框上已经脱色了的门牌号的指定，完全看不出那是一个五口之家的住房。一缕阳光从门口钻进屋子里，把阳光未照到的地方反衬得异常黑暗，只能隐约看到没有点燃的火坑和少得可怜的锅碗瓢盆摆在地上，阳光照到的角落处，沈俊熙站在一个塑料盆旁，手里拿着一块毛巾逐个给弟弟妹妹擦着脸。妹妹先洗完了，蹦蹦跳跳地出了家门，在屋外的墙角边梳理着头发，折腾了半天，翘起的头发仍执着地蓬着，二哥赶来援助，边梳边用小手紧紧地捏着，梳完后却找不到半根头绳捆扎，依然还是那么捏着。大哥沈俊熙最后一个洗完脸，转了一圈也没找到头绳，他径直往屋旁的猪圈边走去，从猪圈前挂着的一条披肩上扯出一根线条，用牙一咬，断落的线条成了妹妹的头绳，哥俩齐心协力，妹妹的头发终于扎好了，弟弟妹妹已经迫不及待地要去森林消防队员们驻扎的地方玩了。邻居5岁的小美拉着妈妈，小美妈妈背着妹妹早已经在一旁等候，沈俊熙他们边走边套上衣服，关上木门，1个大人，5个小孩一起往村后走去，只留下两头不大的黑猪在圈前墙边的阴凉处拱着土。

刚到车前，来自阿坝森林消防支队卧龙中队的班长辜苏就叫住了他："来，整块饼干。"

沈俊熙也不拘束，接过饼干后边吃边跟辜苏聊起了幼儿园墙上的画，弟弟妹妹们也拿着饼干蹦蹦跳跳地跑开了。

"他们三兄妹还跟炊事班的同志混得挺熟，今早炊事班已经给他们泡了面吃，小俊熙也很会关心消防队员们，有人问路他会认真引导，有牲畜过来骚扰他都会及时赶开。"辜苏说。

可能是村里突然的热闹激起了孩子的好奇心，听到装备车里传来音乐的声音，沈俊熙顺着车门就爬了上去，旁边的弟弟妹妹也毫不示弱，车窗里，一名森林消防员急忙给三个小朋友拿出了好吃的，喊他们快下去，孩子们爬那么高太危险。另一边，小美拉着妈妈的手在成都大队做饭的地方停了下来，刚驻足，成都大队的驾驶员石兴就捧出了薯片、面包等零食分给她和母亲背上的小妹妹吃，看着孩子皲裂的小手，石兴的笑容里慢慢多了几分苦涩，这里的百姓生活得太不容易了。

12日下午14时，队员们完成了火场的全部清理工作，开始回撤，炊事员收拾装具装车，驾驶员发动车辆向山下集结。沈俊熙带着弟弟妹妹不时出现在忙忙碌碌的队员中间，但此时他们脸上的笑容却没再出现，只是反复询问："你们要走了吗？你们还回来不？"

在停车上方的路边上，小美和母亲久久地站着，定定地看着载着森林消防队员的车辆一辆辆往下开走，嘴里不时说着彝族的语言，仿佛是在跟队员们道别。

五

上山容易下山难，对人来说是这样，对车来说更是如此。

甘孜、阿坝两个支队的车辆头一天夜间上山，大家借着车灯只看到了眼前路上的情况，直到第二天天亮后才发现，远处那如同一条扭曲的绳子，飘在半山腰的黑线，就是大家走过的路。为了安全，前线指挥部决定在扑火队员下山之前先组织驾驶员将大的装备车开到小镇的水泥路上，两个驾驶员一辆车，过急弯时一个在车上驾驶，一个下车指挥，装备车下去后再由小车把驾驶员接回来，驾驶客车把扑火队员运下去，还是两个驾驶员一辆车，一个负责指挥，一个负责驾驶。

车子在盘山路上停停走走，缓慢得犹如蚁爬，让急需下山的代晋恺心急如焚，这两天拍摄的火场素材都在他身上，等着发给后方和已经等待多时的媒体老师，漫长的等待中，一位村民骑着摩托车从车队中一点一点挤到了最前头。

"老乡，能载我一截不，我到山下的小镇上。"代晋恺急忙喊住了骑车人。

"可以，可以，我也是到下面买点东西。"骑车人很客气地让代晋恺上了车。一拧油门往前冲去。

摩托车刚出发时是一段上坡路，过了10多个急弯后开始要走一段缓下坡，然后就是最难走的那段弯又急坡又陡还有一层厚厚的松软的黄土的路。上坡时，代晋恺觉得还好，速度不是很快，行驶得比较稳，下坡时，骑车的老乡直接就把摩托车发动机熄火了，借着惯性滑空档溜起了坡。

"老乡，你这技术挺好啊，把火都熄了溜空档。"此时十分担心安全问题的代晋恺边说边紧紧抓着后尾架，车身一晃悠，心也跟着晃悠，他心想，今天这一百多斤可就交给他了。

"我骑摩托四五年了，下山从来都是溜空档，免得烧油，现在汽油太贵了，我们又没啥钱。"骑车人简单的回复带着对车技的自信和对生活的无奈。

"还是慢点慢点，这路太难走了，还是你技术好，要是我可不敢骑。"代晋恺没法指望老乡不溜空档，只能提醒他稍微慢点注意安全，心里面却时刻防范着随时可能发生的危险。

果不其然，在一个急弯里，摩托车前轮在松软的黄土上发生了侧滑，老乡驾驶的车瞬间往一边倒去，代晋恺急忙伸腿稳住重心，骑车人也及时踩住了刹车，车子斜歪着停在了陡坡上，一场虚惊过后他们安全抵达小镇。代晋恺在一家小餐馆蹭着网络把素材传了出去。

那一次次颠颠簸簸晃晃悠悠随时都有可能冲下山去或伤或亡的行程，是森林消防队伍里多少宣传战线上的同志们所经历过的艰苦历程啊，背着重重的器材独自穿行在高山火海，为了把素材第一时间传出去，在交通工具极度匮乏的山路上见车就拦，在信号极差的大山里到处搜索网络，见到人家就问有没有 Wi-Fi，他们对于前行之路总是勇往直前，身临险境又未知其危，只是凭着一颗朴素的心，坚定地走下去。

驾驶员们准备返回驾驶另外的车子的时候，山上的扑火队员们也纷纷赶回了里铺村矮子沟组这个小村里，在老乡家院子里留守的炊事员生火做饭，3 菜 1 汤，大家到位后刚好出锅，队员们饱餐了一顿。

吃完饭，驾驶员们也回到了小村，队员们随即登车出发了，随着车子缓缓离开，几位村民久久地站在原先停车上方的路边，定定地看着森林消防队员的车辆一辆辆往下开走。

大队长高吉永此时还走不了，山路上有几辆车堵住了去路，他的指挥车被前线指挥部开去疏导交通，之后才回来接他，他也收到了新任务，留在最后收尾。高吉永和两名队员又回到了老乡家，屋里能避避风取取暖，在山上奋战了大半天，他也想坐下来歇歇脚。

"你们就别走了，就留在我家明天再走吧，我们要用彝族最高的礼节款待你们。"

"要走要走，一会儿就走了，我们今天还得赶回去。"高吉永听着老乡的话，虽然有些地方话听得不是很懂，但基本意思还是明白了。

"别走，别走，一会儿他们要给你杀头猪，这是彝族的最高礼节。"老乡继续热情地跟高吉永说着。

"别别别，我们还有任务，饭也已经吃过了，你不用管我们。"高吉永隐约听到门外有猪叫的声音，赶紧阻拦。

"你就吃一坨肉，吃一坨肉再走。"老乡还是很热情地说着。

没过多久，对讲机里传来呼叫高吉永的声音，指挥车已经返回，到了屋外。高吉永边道别边起身往外走去，老乡也跟着出了门，出了院子再走出大门，只见不远处几摊血迹，水管旁一头 100 来斤重的黑猪已被杀倒在地上躺着，老乡的儿子正在取水处理，看到这一幕高吉永鼻子一下就酸了，他根本不知道老乡跟他说"吃一坨肉"的时候早已经让儿子去准备了。

回程的路上，高吉永久久不能释怀，这里的百姓内心淳朴得像他们村后火场上夜空里的星星，透彻而明亮，好在大队撤离的时候把剩余的蔬菜、食用油、两袋大米还有些罐头都留在了那位老乡家，稍稍弥补了他内心的亏欠。

六

代晋恺传完素材后便跟着支队急匆匆地走了，他们没时间休整，因为新的火情通报接踵而至，当天16时，凉山州会理县槽元乡硝水村发生了森林火灾。接到火情通报后，凉山支队迅速召开作战会议，紧急派出在会理县靠前驻防的直属大队二中队向火场机动，18时50分，队伍到达火场，迅速在火场西线打开突破口，实施扑打。经过近2个小时的扑救，火场明火全部被扑灭，队伍将火场移交地方后，于12日23时36分安全归建。

一个电话打进来，立马行动，3分钟集合，5分钟出动，凉山支队直属大队二中队做到了森林火灾扑救要求的"打早、打小、打了"，最大限度地减少了火灾对国家森林资源和人民生命财产安全的破坏，也让凉山支队其他中队的队员松了口气，要是火没灭，其他人就得赶紧上。

灭火作战中，森林消防队伍往往会失去白天和黑夜的概念，打火时，他们会利用夜间温度低、风力小的优势向火魔发起进攻，机动时更是管不了时间是几点，收到命令就出发，火灭了就返回，不管白天，还是黑夜，也不管是夜里十二点，还是凌晨两点、早上五点……他们好像清醒在每个时间段。

当晚，车队驶出大山已经很晚了，到漫水湾上高速前，甘孜支队和阿坝支队的车辆先加了一次油，成都大队路途稍短一些，未补充燃油直接上了高速后消失在黑夜里。加完油后，甘孜和阿坝支队的车队又继续前进，到高速路上的一个服务区才停下休息，那时已经是凌晨3点多了，大家在车里的座椅上和衣而卧。

休息是短暂的，清晨 6 点的时候，大家开始走出车子方便和洗漱，说是洗漱，其实大部分人也只是借着服务区里自来水管里的冷水搓（洗）了把脸，有极少数人拿出牙刷牙膏刷了刷牙，冰冷的自来水冻得大家脸蛋通红通红的，空旷的服务区有些湿冷，昏暗的天空中偶尔还会飘过一团团雾气，冻得人不禁打战，队员们买了点包子、馒头，提着跑进了车厢，简单垫垫肚子，又启程了。

凉山又着火了，起火位置在西昌市黄水乡鹿鹤村，13 日早 7 时 30 分，凉山支队已经出动向西昌市黄水乡机动。车里，总队前线指挥部发给支队的这一信息迅速传开来，大家纷纷掏出手机搜寻着黄水乡火灾的情况，但此时网上还没有具体消息发出来。"我们很可能得回去支援，大家做好心理准备。"阿坝支队黄泽君支队长用对讲机通知了各带车干部。

高速路上不能停车，大家只能继续向前驶去，支队前线指挥部边走边向总队询问情况，请示是否继续出战，此时阿坝支队的车辆已经驶进成都平原，甘孜支队从雅康高速与阿坝支队分开，进入了甘孜州地界。没过多久，只见对面方向的车道上，成都特种救援大队的车队迎面驶来，他们又来增援了，支队驾驶员按响了喇叭为他们加油助威，他们也是今早才回到成都的，大家刚吃过饭，一身黑乎乎的衣服都还没来得及换下，脸上的灰尘还没来得及洗去，又原路返回凉山继续灭火，此时在大家心里，他们是最美的逆行者。

轮胎在不知疲倦地转动着，车身在夜以继日地颤动着，队员们在废寝忘食地赶赴着。虽然过去又回来沿线的景致没有什么区别，但队员们明显感到，再次返回的路变得漫长了。车子终于静了下来的时候，他们又置身于一片火场了。

那个上午，总队前线指挥部调派了凉山支队赶往火场实施救援。下午时分，攀枝花支队和成都大队赶赴事发区域进行增援，考虑到甘孜、阿坝支队回程较远，没有让他们再返回凉山。

终于，2 月 13 日 17 时 45 分，唐庆听见了车辆的鸣笛声……增援最远的阿坝支队松潘大队安全返回了营区。尽管唐庆和彭博在一起已经 5 年了，唐庆却从未经历过这样的场景。对彭博来说，这次任务出动并不是什么特别的事情，它只是千万次任务中的一次。但作为消防嫂的唐庆亲身经历了这一切之后，她才知道这份工作的真实样子，它不是寻常的工作，而是高危的、冒险的，是坚毅、是勇敢、是舍己、是奉献、是情怀……平时唐庆常常戏谑和讽刺彭博的那份执着，说他是贪图这份稳定和安逸，是逃避现实的懦弱表现，这时她才知道原来这都是她自己深深的误解，唐庆开始去理解这份坚持，为彭博感到骄傲，并愿意为他承受那份沉甸甸的担忧和牵挂，她更相信世上还有千千万万个同样的消防嫂！

其实说起来，唐庆和松潘大队的另外3名消防嫂算是幸运的，因为去年大年初三，支队增援甘孜雅江县恶古乡火场时，来队过春节的十几个消防嫂，有的还带着孩子，她们中的一些人甚至没等到丈夫从火场归队，就踏上了返程的列车。还记得打火出发前的那个大半天，阿坝支队政治处主任李志军忙得焦头烂额，上级发文来电接踵而至，支队前线指挥部带大队100多人、上千件装备走，处理队员们的吃住行事宜让他楼上楼下来回跑，独自在单位陪他过节的儿子抱着新买的玩具枪连跑带跳，但始终跟不上他的步伐，只得乖乖在楼下观望。等待上级开进命令的队伍随时会出发，李志军还在等一个人。等岳母从成都赶来照顾4岁的儿子。前一天夜里，他就在网上为岳母买好了当天最早的车票，队伍向火场开进前不久，岳母终于出现在营门口。

同样焦心的还有马尔康大队何伟的妻子龚露，春节前，她带着儿子来丈夫所在的单位过年，不曾想一场大火打乱了大家的节日安排，尽管有千万个不乐意，但龚露还是鼓励丈夫勇上一线："老公，火场上注意安全，我和孩子等你回来。"出发前的运兵客车车窗外，龚露拉着丈夫何伟的手再三叮嘱，她使劲地不让自己的泪水滚出眼眶，丈夫就要上火场扑救森林火灾了，她不能让丈夫分心，说完话刚走到车尾，她与另外一个战士李太和的妻子祝娟抱在一起哭成了泪人。

这个春节，凉山和攀枝花支队的指战员们更惨，整个春节七天长假，不是在火场，就是在去火场的路上，来队探望他们的亲人更是连团年饭都没能和他们好好吃上一顿。大家还开玩笑说："春节，指战员家属们与其说是来队过年，还不如说是来队'观战'。"从大年三十到正月初七，凉山支队连续扑打了三场火，火还没打完春节就已经过去了。

"晨光熹微，森林消防员们再次踏上征途。有人说，世界那么大，必须去看看，对森林消防员来说，用双脚丈量过的林海，就是他们的全世界。"看着朋友同学们在春节期间旅游的旅游，度假的度假，火场上的代晋恺感慨地说。

"哈哈，你打算去哪儿看呀？其实朋友圈比其他地方都精彩，你看看战友们的朋友圈，看看这年都是咋过的。"程雪力看到代晋恺的感慨，开玩笑似的点评了一番。

这是所有森林消防员最真实的写照。森林就是他们生活的全部，就是他们的生命，是大家用生命去爱、去守护的家园。

七

进入 2 月，凉山州气温比往年高，火情比往年多了一倍，四川省森林消防总队从凉山州气象局获悉，2019 年，凉山州出现暖冬天气，和往年相比，1 月份到 2 月 13 日，凉山州内气温普遍偏高 2 至 4℃。特别是进入 2 月份以来，州内大部分地区气温偏高 3 至 5℃，局部地区气温偏高 6 至 7℃，加上空气干燥，风速偏大，降水明显偏少等因素，导致今年森林火险等级偏高。就在森林消防员扑救黄水乡森林火灾的当天，西昌最高温度已达 26℃，森林火险气象等级为 4~5 级，属于高火险。凉山州气象局预计 2 月 17 日左右将迎来冷空气，州内大部分地区气温将下降 3 至 5℃，局部地区气温下降 6 至 8℃。不过，由于冷空气势力不强，近期温度较高，在冷空气影响下的气温也只是略低于平均气温。预计到 2 月 22 日左右，气温又会明显回升，全州又将进入高火险时段。

为此，凉山州气象局做好相应准备。一方面是做好预报工作，将目前高火险区域和未来高火险形势，准确报给相关部门，发布高火险预警信号和专题天气预报。另一方面，还将通过雷达、卫星等观测手段，做好天气变化监测，一旦发现含水量丰富的云絮，在条件允许的情况下，将组织人工影响天气部门对相关区域进行人工增雨，以缓解干旱、降低森林火险等级。此外，一旦发生火情，气象局将及时发布火场及其附近地区各时段的温度、湿度、风向、风速等重要数据，若条件允许，还会组织相关部门进行人工增雨。

成都大队指战员们在赶往西昌黄水乡火场的车上，几乎所有队员都睡着了，他们以作战服和大衣当被，以客车座椅当床，有的靠在车窗玻璃上歪斜着脖子，有的靠着座椅靠背耷拉着脑袋，睡姿尽管很丑，但大家都睡得很熟，交响着鼻息和鼾声。他们刚从上一个火场回去，现在又增援下一个火场，实在是太疲惫了。

事后经依法侦查查明，西昌的这场火是因 2 月 12 日 17 时左右，西昌市黄水乡鹿鹤村王某于自家秧田地里（林区边缘）做农活时，用打火机点燃秧田地里的杂草进行焚烧，火被风吹到相连的旱地里引燃杂草，而后火势蔓延至林地引起山火。护林员发现火情后，迅速报告，乡上立即组织人员打火，但因山上林下可燃物太多，打火较为困难。当天扑救工作持续至 2 月 13 日凌晨 2 时，为确保扑火人员安全，经前线指挥部研究决定，扑火人员全部撤离火场休整，并制定扑救方案。

2 月 13 日凌晨 5 时，地方专业、半专业扑火队员再次集结进入火场扑救林火。他们在前面打，民兵和群众在后面清。13 日上午 8 时，凉山州森林消防支队赶到火场实施救援。到达一线后，森林消防指战员沿着火线实施扑打。一处明火扑灭后，再转至另一处火线。

"嗡嗡嗡……"不一会，天空飞来吊水直升机参与扑救，但由于山势陡峭，风向不定，直升机不能降得太低，洒下的水在大风中很难对准火势较大的森林区域，火势依然还在蔓延。森林消防支队、地方扑火队、群众等扑救人员在前线指挥部的统一指挥下，对火势严防死守，临近中午时，长长的火线被分割扑打得只剩下为数不多的火点。这时，凉山支队直属大队负责的区域下方，一处火点越来越明显，引起了大家的警觉。

"啥情况，这火咋烧到下边去了？"大家不解地问。

"估计是烧倒的木头顺着左边那条沟槽滚下去引燃的。"西昌大队消防员乔新猜测。他们沿火线扑打过来时，他就注意到左侧山体上有一条泥水冲刷形成的沟槽，歪歪扭扭地从火场向下延伸到山脚。

"乔新，你带着几个人下去处理一下，不能让它烧起来。"中队长随即下令。

乔新和几个队员火速出发，赶到火点一看，远看着只是一个火点，近看却是一片火塘，他们抄起手中的工具冲上去，追着向前扩散的火头奋力扑打。

"不行不行，太烤了。"打了几分钟，大家被难忍的炙烤逼退。短短十几分钟，队员们的脸被烤得通红且疼痛不已，包裹身体的衣服已经浸出了汗。缓了缓，乔新他们卸下身上的挎包等重物，又冲上去。可此时火势在大风的助力下加快了蔓延。

这样下去不是办法。乔新利用对讲机向中队汇报："火势已经蔓延开来，我们几个没法控制。"几分钟后，前线指挥部决定，在火线下方的黄水河取水，利用水泵并串联的方式抽水灭火。他们在河里架设了两台水源泵，在山腰处架设了一台接力泵，将300米开外的水送到了乔新他们所在的前线。有了水，大家信心大增，扛着水枪头快速向前推进，可这时候水还是来得晚了一些，火线已经蔓延到几十米长，斜挂在山腰上。

随着风力和气温逐渐增大升高，惊险的一幕发生了。火场西侧火线死灰复燃，随着突然增大的风力渐渐形成了树冠火向乔新他们烧去。

在山下指挥、观察整个火场情况的凉山支队政委颜金国心中一惊，立即用对讲机呼叫距离危险最近的乔新和副支队长冷建春："03、03，火上来了，快点组织部队撤。"

可呼叫多次始终没有回应，颜金国扯开嗓子向对面山上大吼："小伙子，小伙子。"依然没有任何回应，大风中他的声音根本传播不了多远，他立即让身边的人给山上打电话问。隔了一个山头，对讲机就不灵通，听不见对方的喊话，心里就发慌，火场上最令人揪心的就是失联。

三级指挥长冷建春听到对讲机里的命令后来不及回答，赶紧招呼身边的人："快，所有人进入火烧迹地。"那一刻，时间就是生命，他根本来不及回答，只想着早点跑出这要命的火焰。

乔新听到冷建春发出的赶紧撤退转移避险的命令的时候，回头一看，站立点侧下方烈焰熊熊地席卷过来，燃烧点还离他们几十米，可火焰的高度已经高过了他们所站的位置，大家来不及撤收装具，迈开腿往右上方火烧迹地奔去，没多久浓烟就追上了大家，一下子把他们几个人包了进去。乔新和队友们虽然戴着口罩，但刺鼻的浓烟还是使劲向鼻子里钻，呛得眼泪一直往外流，看什么都变得模糊了，方向也分不清了，他只能跟着前面模糊的影子跑，边跑边喊旁边的人："过来过来，快撤。"

拼命地奔跑加之又是上坡，乔新已经上气不接下气，双腿不单是酸还感觉麻木，似乎就要失去知觉。跑了三百多米，看着火没有追上，大家在一处开阔的地方停了下来。

"谌江涛，谌江涛快跑，火来了。"听着山下传来的水泵吃力的咆哮声，冷建春用对讲机不断呼喊在山腰上架设接力泵的一班班长谌江涛，其他人也朝着他所在的方向大声呼喊着。

可能是水泵声音太大压住了对讲机和外界的声响，此时蹲在树丛里的谌江涛还未发现异常，他也按着对讲机一边反复询问："到火线没有，到火线没有……"一边向出水口的方向眺望。听着水泵转速有些下降，他又加了加油门。

渐渐的，谌江涛感觉有些不对劲，他站起来往远处一看，只见从山体左侧横烧过来的大火已经朝着自己的地方袭来，在山下公路上指挥的颜金国不断地向他打着手势，他迅速关闭了水泵，拔开油桶提着准备往山下跑，塑料油桶没有防爆性能，被烧后极易发生爆炸，产生新的危情，所以他们必须尽快离开这里。一旁的队员刘艺准备取水泵，谌江涛对他说："别管了，快往下跑。"两个人一股脑地跑出了林子。

歇息时，冷建春向颜金国报告："我们已经进入火烧迹地。"乔新也向中队领导报告："大家都没事。"一句简单的回答从对讲机里传出，但在这短短的几分钟内，乔新与其他 6 名消防员却经历了从生到死，又从死到生。颜金国知道大家安全后如释重负。

山脚下，前来营救的三四个队友也赶到了，谌江涛和几个队员还拽着串联好的水管，硬生生把水泵和部分管带从火场拉了下来。

"走走走，再过去点，去房子那边空旷的地方，这里也不安全。"冷建春催促着乔新一行人。

那处房子是当地彝族百姓用土石木头搭建的土楼，已经废弃了多年，屋顶的瓦砾都坍塌了，屋子边上堆着一些年久发腐的木柴，还有围墙上的一道木门也被林火引燃了，大家赶过去一看，所幸还没烧到房屋主体。他们抱石头的抱石头，铲土的铲土，一会儿工夫，大家就把屋子边的火打灭掩埋在土石下。

等到火浪过去，一切渐渐平静的时候他们再返回刚才的位置，落下的头盔已经被烧坏，管带框被烧得千疮百孔只剩下金属骨架裸露在外，红色的水枪头也被烧成了黑色。水泵出水口之后，连接的第一根管带与第二根管带在谌江涛他们拉扯时脱了节，没拉下山的管带已经被烧得只剩下了一点点。火情发生得太快，乔新他们来不及携带的装备，包括挎包、水壶都在一瞬间被火海吞没。大家重整旗鼓，重新架设水泵、铺设管带，将这场险些致命的森林火灾浇灭在脚下。

黄水乡火场林相以云南松、杂灌、紫茎泽兰和茅草为主，风向西南风，风力等级 4~5 级，温度 15~22℃，湿度 20%~30%，是火最难打的时候，尤其是被大家称作"飞机草"的紫茎泽兰，长得齐腰深，冬天枯萎了也不会倒伏，就这么在风里摇摆着见火就着，火烧着后随风蔓延迅速无比。中午约 12 时，攀枝花支队和成都大队指战员赶到火场增援后，火势得到了有效控制，截至 15 时 00 分，火场明火被扑灭，各级救援力量转入清理、看守火场任务阶段。

大家安全归来后，队友们和支队的领导紧紧相拥，大家像铁哥们儿一样无拘无束地闹在一起，看得出来，队员们和支队领导关系很熟络，没有上下级那种拘谨。其实，指战员们到了火场上，共同经历了苦累凶险，人与人之间的关系就会变得亲密无间、简单透明，远比在单位时舒畅得多。

作为一名指挥员和消防员们的领导，冷建春也感觉，他身后这一群森林消防员，在火场上的时候是最可爱的，因为作为管理者和被管理者，在平日的生活里，不可避免地会存在一些矛盾。队里总有调皮捣蛋的队员，有不听招呼的队员，甚至还有队员不时会犯一点小错误。但在灾难面前，在任务面前，这一个个铁血男儿没有哪个装熊的，没有哪个会说一句泄气话，没有哪个会退缩半步，也许平时调皮捣蛋的那个，在任务中反而是最勇猛的那个，当一场火灾扑灭，一场任务完成之后，大家沉浸在那种无与伦比的喜悦当中，那时候感觉大家真是太可爱了，那时候觉得他们身上的那些小毛病，平时犯的一个个小错误，在这时的可爱面前，太不值得一提了。

活着就好。成功避险完成火灾扑救后，冷建春和惊魂未定的几名扑火队员手拉手在火场下方合了一张影，这辈子大家能有这样一次经历，也算是生死之交了。"平安归来"是每名消防员上火场前相互祝愿的一件事，"活着就好"是消防员走出火场后最庆幸的事。

耗时七个半小时，森林消防队员再次扑灭一起森林火灾，颜金国高兴地看着一个个平安走出火场的队员喜极而泣，他为这些年轻而坚毅的兄弟感到骄傲和自豪。火场上的指挥员什么时候最激动？就是在艰难险阻面前队伍的士气不减的时候。他们什么时候最自豪？就是打了胜仗的时候最自豪。

"我们回来了。"灭火结束后，消防员们会第一时间告诉爸妈或妻子女友自己平安归来的消息，而代晋恺则会把他刊发的新闻发给母亲看，并一个个转发在自己的朋友圈和总队、支队的群里。

代晋恺发的新闻链接里，战友们的朋友圈里，程雪力翻看着前线发出的一张张照片、一个个小视频、一篇篇报道，在心惊胆战的同时，也为战友们的勇敢和坚毅感动。一条条新闻链接被发到了宣传群里，被战友们转发，被网友浏览点评，程雪力一篇篇阅览，一个个审视，却没看到他期待的效果。

"你们在一线到底经历了什么？写出来发给我，天天几个破视频，没有信息量，让别人怎么看啊！你们是怎么扑打的，经历了什么困难，遇到了什么东西，累到什么程度，有没有具体的人物故事……"程雪力停下了手中的活，开始搜集着大家的图片和视频，他迫不及待地想要把战友们的这些辛苦付出以更好的方式反映出去。

"我正在编辑，马上。"代晋恺此时正在马不停蹄地写着，在回程的车上他用手机写，归队后换成电脑继续写，他恨不得自己能长出三头六臂来写稿子、编辑照片和剪辑视频。

当晚，不在同一个地方，却干着同一种活的程雪力、代晋恺还有周振生一直加班到很晚，才完成了视频的剪辑、图片新闻的整理和文字新闻的撰写，赶在凌晨前推送给了媒体。看着辛辛苦苦弄出来的东西被各级媒体采用，几个人终于松了口气，但意犹未尽的几个人又在群里聊起了宣传工作。

"其实大家现在最缺的就是让人感动或者欢乐或者动情的视频故事了！现在经常着火，我们的跟队报道很多，但大多都是哪里着火了，我们去扑救了，然后扑灭了！还是和十年前一样的报道，其实挺对不起自己的辛苦付出，每次都去每次都一样。将新闻报道模式化、视频化了！我们的报道员需要想想啊，如何去适应新闻的模式。如果去到一线就想办法去寻找那些有意思的故事，让人愿意看的故事，这样才对得起自己的辛苦！这个故事不一定要出现在火场，可以出现在扑火队员身上、地方群众身上，只要有人的地方就有故事，从出发到回到单位，经过的每一处都是故事发生的地方。视频新闻是大势所趋。内容本身不可能再有什么颠覆性的东西出现，内容会随着技术的发展而改变，有了新技术之后，内容会跟着改变自己的生产方式和形态。"程雪力在群里接连发了几段自己的见解，也是他想给同一个战线上的报道员传授的经验。

除了皮肤黝黑，脸上有风霜吹打出来的褶皱，程雪力一点也不像30岁的人。他小眼睛，小嘴，眼神清亮，不善言辞。20岁那年，他抱着"仗剑走天涯"的大侠梦当了兵，来到了原武警四川森林总队，在成都新训了3个月后，被分配到凉山支队西昌大队。最初的4年中，他从新兵一步步成长为副班长、班长，主要担负着扑火和训练的工作，从火中找到了信仰。

当副班长那一年，程雪力买了一台傻瓜相机，不是给别人拍照，而是单纯地想给自己和战友的人生留下一些纪念，没承想，2014年底，转行为报道员的他按照自己的经历整理了一组照片投稿，半年后，他的照片在《中国青年报》上被整版刊登，他发现这些无意间拍摄的照片放在一起时所展现出来的那种时间的力量很大，那之后，他决定去做摄影工作，为他自己、为他的战友、为时间的流逝留下一些记录。入伍前两年他看过电视剧《士兵突击》，最记得里面的一句话："好好活就是做有意义的事。"他觉得摄影是有意义的事。

在刚进入新闻报道领域时，程雪力也走了两年弯路，对"大广角、冲击力、高大上"乐此不疲，对千篇一律的模仿和复制很着迷，实际上他的所有作品都远离部队工作、远离战友生活。后来他买了一套大学的摄影教材，从零开始学习新闻纪实摄影。2016 年 1 月，借调森林消防局宣传科期间，他背着相机去了很多地方，拍摄到了那些一般人看不到的世界——被火连成一片的大兴安岭、被盗猎的鹰、西双版纳里的野生象群……从原始森林到无人区，再到边境线，反盗猎、火灾、地震等震撼的景象被他用相机记录了下来，程雪力发表了 10 多个森林消防员保护生态的故事，在媒体上反响热烈，不少基层报道员把他当前辈，有的还尊称他为"程大师"。

八

　　"违规用火关5天，造成火灾判5年。"这是张贴在凉山州木里县街道边的一条防火宣传横幅，通俗易懂，直接明了，虽然感觉有点狠，但让人过目不忘，收效想必也不会一般。连续发生的森林火灾和一直持续的高火险天气让凉山州防火形势愈发严峻，凉山州人民政府和相关部门不断通过张贴横幅标语，流动播放防火告示等方式进村入寨开展防火宣传，他们还联合电信部门利用网络和手机短信，发送防火宣传提醒信息。他们知道，要防住森林火灾，最关键的就是要管控住火源，春节以来凉山全州发生的多起森林火灾，大部分都是由于人们防火意识淡薄、违规野外用火。

　　可凉山州地域宽广，人居分散，大部分自然村落都位于深山里，百姓的庄稼地也都毗邻森林，春节过后很多百姓下地翻土修整地边，都有用火烧荒的习惯。有些不识字的老人、顽皮的小孩防火意识不强，更有一些人会把点火当作乐趣，让人防不胜防。

　　位于祖国西南方的四川省凉山彝族自治州2月末正值春旱季，山上的枯草被一整个冬天的太阳晒得发脆，树上细一点的枝条也晒干了，粗枝上的水分也少得可怜，还顶着松针的油松黄得像一个缺乏营养的孩子，在风中摇摆着身子，一副随时都有可能倒下的样子。这样干燥的山林一旦被点燃，山火会瞬间扩散，极难控制。在大家的忐忑不安和极力的防范中，林子还是被点燃了，2月27日上午10时许，凉山州冕宁县泸沽镇大坪村一组发生森林火灾，火灾是由一名智力有缺陷的村民用火不当引发的，让人感到无奈和唏嘘。

火灾发生两个小时后，火场上大风乍起，瞬间风力达到8~9级，对于这场大火来说无异于火上浇油，在山坡上蔓延速度原本就快的火，遇到强风后像是吃了兴奋剂，在噼里啪啦的响声中不断蚕食着茂密的森林。一转眼，火线从最开始的3公里，逐渐发展成5公里，且快速向西北方向蔓延，前进的火线就像一条火龙似的，似乎要把这山从中间截断。

滚滚的浓烟飘荡在山谷内，天空中硕大的太阳似乎也被大火烤得发红，看着视频里陡峭的山坡和漫天的黄烟，四川省森林消防总队指挥中心盯着大屏幕的指战员们心头上火，可最棘手的不是复杂的地形和突如其来的大风，他们最担心的是山区的百姓。在火场周边，有一村组，里面有60余户村民，山火如果不能快速扑灭就会威胁到村组中百姓的生命财产安全。

"凉山是贫困地区，老百姓的生活水平不是很高，必须保护老百姓的财产。这房屋一旦烧毁了，我们当地老百姓去哪儿住啊！"四川省森林消防总队金得成政委看着如此火情担心不已，立即派出凉山支队赶赴火场展开扑救，并派攀枝花、甘孜支队和成都大队增援。

凉山支队是离火场最近的救援单位，他们接到的命令是1个小时内抵达火场，投入火势最猛烈的火场南线。接到灭火作战命令后，仲吉会带着支队相关人员组成先遣组第一时间往火场赶去，在凉山打了大大小小上百场火，仲吉会清楚地知道，"打早"在灭火战斗中的重要性，这样的气候条件下，要是让火烧成气候，说不准真会出大事，他忍不住又催促驾驶员："兄弟，你再开快点。"

"已经最快了！在这山路上也只有咱们的车敢跑这么快。"驾驶员尴尬地笑了笑，露出一排洁白的牙齿，又劝道："支队长，你也别着急，其他支队都往这儿赶了，不愁这火灭不了。"

路越来越难走，快要到山顶的时候，前行的道路只刚好与森林消防的客车一样宽了，在这样的路上，驾驶员稍稍有一点操作失误，很可能就会导致车毁人亡，西昌大队教导员赵万昆坐在副驾驶位置，感觉自己坐的座位已经伸出了路面，他右手紧紧地抓着车门上的把手，时而注视着前面的路，时而把头伸出车窗看看车轮在路面的位置，感觉自己脚趾都扣紧了。盘山路危险重重，时间又非常紧迫，行进的车内既紧张又安静，在这样的路上行车，驾驶员和乘车人心都是悬着的。

半小时后，凉山支队成功抵达一处山顶，前线指挥部立即放飞无人机进行空中侦察。火场西南、西、西北三个方向均有断续火线和大量烟点，火线为地表火和树冠火交杂。火场风力大、坡度陡、烟雾浓、火势强，侦查完后，所有人心里都是一个感觉："这火，不好打。"

不好打也得打，先遣组侦查完火场后，凉山支队冷建春副支队长、张永强主任等组成的机关前线指挥部，带直属大队、西昌大队抵达火场。根据火灾现场联合指挥部安排，凉山支队主要负责火场西北方向火线。灭火作战在山顶打响了第一枪，打开突破口后，西昌大队采取"边打边清、递进超越"的战法，向西北方向扑打，直属大队则以"一点突破、两翼推进"的战法向南扑打。当天，南方航空护林总站西昌站也出动了直升机，从空中洒水灭火。先头部队激战正酣时，颜金国带领会理、盐源驻防分队也抵达了火场，凉山支队全体指战员集结到位，一起同火魔厮杀着。

也许是气候太过恶劣，也许是地形太过复杂，仿佛老天爷也控制不住火场的情况，从中午开始，大风就一直没有停过。支队指战员在山下没感觉风有多大，可到了山顶感觉风力突然就大起来了，有时猛地一吹，扑火队员感觉自己都要被吹倒。在强风下，有的地表火瞬间就变为树冠，火焰有的高达十几米，本就汹涌的火就像浇了汽油一样烧得更加旺盛，赵万昆带着西昌大队在山顶一线追击着火头，看着就要到达山头，可火被风卷着形成飞火瞬间就跃到了隔壁的山头，大家彻底无语了。

飞火点燃了隔壁的山头，形成了新的火场，大家不得不转移到新火场进行拦截。果然，没过多久，对讲机里传来前线指挥部的命令，要求西昌大队迂回至北线新火场背后开设隔离带，赵万昆带着大队指战员又乘着车往目标点赶去。

大家着急又无奈。就在凉山支队指战员最焦灼的时候，奋力驰向火场的甘孜、攀枝花两支增援部队赶到了火场西线。

这山也太难爬了，想着往前走 1 步，但要是踩滑了还得倒退 5 步。稍不留神还会"滚山"。由于山势陡峻，加之山中枝蔓丛生，为快速接近火线，消防员们背负着 10 多公斤重的装备手脚并用地在陡坡上前进。原本计划半小时赶到火线的路，他们爬了两小时。

"突击组沿火线向前扑打，高压细水雾配合，清理组跟进清理。"到达火线后，攀枝花支队三级指挥员彭林森迅速将任务安排了下去。

"一组跟我来。"话音刚落，延边大队班长王毅就带领突击组人员冲向了火线。

"嗡嗡嗡嗡——"高山密林中，灭火机开始嘶吼，风力灭火机的风筒所到之处，火焰逐渐熄灭，火星也被强风吹散，逃命似的飞溅而去，然后失去光亮，最终变成一粒粒灰尘，给大地增添一分黑色。

由于火场地势陡峭，队员们全身并用，奋力打火。山坡上很多地方只能容下一只脚站立，他们会把另外一条腿弯着，整条腿贴着山坡，屁股虚坐，左手或抓住一团杂草，或拉住一根树枝维持重心，唯有右手一直控制着背负式风力灭火机的风筒，一直朝着火线摆动。地上厚厚的松针长时间堆积形成的腐蚀层里形成暗火后，只有把火和可燃物一起吹散，那一处火才算是熄灭；只有这样一点一点把几公里长的火线打灭，火场才算是成功合围；再把火线以内火烧迹地里燃烧的火点烟点全部清除，实现"三无"，这场火才算彻底结束。茫茫大山里，一眼望不到边的火场上，对小小的人来说，这是蚂蚁啃食大象的过程。

还好，一天的时间里，火场上集结了上千人，大家众志成城，齐心协力朝着最终目标努力。

九

"光给我们以智慧，光给我们以想象，光给我们以热情，光帮助我们创造出不朽的形象。" 28 日晚，看着甘孜支队增援的车队灯光跨越大半个川西高原，在夜空下、在山林间留下的一道长长的尾迹时，甘孜支队报道员相左川突然想起了诗人艾青《光的赞歌》中的这句话。

这束光又不单单是车队的灯光，它还是参战队员头盔的灯光，是防火服背后"中国森林消防"几个字反射的荧光，更是星夜驰援的甘孜森林消防支队带来的暖光，像冬日午后太阳一样给人民带来安心，给百姓带来温暖。

"前方通过冰雪路段，各车注意减速慢行！"

"前面大雾弥漫，各车注意打开应急灯，控制车距！"

"前方路面有落石，注意绕行！"

对讲机里不时传来甘孜支队王绍刚支队长的提醒。这一句句提醒，是甘孜支队在增援道路上遭遇各种险情的最直接体现，也是带队干部帮助驾驶员克服深夜长时间驾车、驱赶困意的办法之一。

为活跃气氛，提振队员士气，雅江大队教导员张勇军赋诗一首赠送给大家：

"星夜兼程，只为生态安康；

星光璀璨，只因逆行守护。

剑指冕宁，听令呼啸疾驰；

魅力橘红，踏遍川西高原！

盘它，与火势不两立！"

一首小诗让增援的森林消防员大呼酣畅淋漓的同时，也激发了队员们恨不得马上插翅飞赴火场把火灾消灭的壮志豪情。

张勇军是四川眉山人，曾是森林消防队伍宣传战线上的一名老兵，从事森林消防新闻文化工作 10 余年，作品散见于报纸杂志和网络媒体平台。身为教导员的他还是成都市作家协会会员、书法家协会会员，从小受"三苏"文化熏陶的他，喜好书法和文学，偶尔也会带着队员们玩玩摄影。在他的培养和教导下，甘孜支队雅江大队走出了好几名优秀的报道员和"小"作家。

凌晨 3 时许，经过 6 小时不间断机动，甘孜支队 150 名指战员从康定、雅江、道孚三地陆续抵达冕宁火场，随即抓住火场夜晚温度低、风力小的有利战机，全力投入战斗。为克服冕宁火场山高坡陡林密、天黑路窄崎岖带来的不便，参战队员打开头灯、强光方位灯确保安全。一时间，火场上一道道从队员们头盔上射出的光，同水枪、风力灭火机一起直插火线，共诛火魔。

此时山顶的风力已经达到 8~9 级，把山顶上的队员吹得步履蹒跚，但火却烧得更旺了，下山火分成好几个火头向大坪村奔去。大自然的力量往往是恐怖的。森林消防队伍才刚占据主动，一阵狂风过后，这种主动优势就变成泡影。突然加大的风力，就像是山火的催化剂，原本在南线燃烧的火头借着狂风向西北方向蔓延。更为危急的是，这片大山唯一的村组大坪村一组就在山体的北侧近山顶处，如果不能及时扑灭大火，整个大坪村 60 户人家将被火海吞没。

"你们到了之后集结队员到重点目标大坪村，一定要把大坪村保住，绝对不能让它被烧毁了。"金德成赶紧给总队孟庆瑞副参谋长打电话。

此时的孟庆瑞正带领着成都大队往火场赶。这一天，他们从下午 3 点出发，一路没休息。还没到达火场，任务已经明确，他们直接往大坪村奔去。电话中，孟庆瑞还大致了解了整个火场的情况，最有利的是大坪村不远处有一个水塘，可以采取以水灭火的方式进行扑火。孟庆瑞与成都大队指挥员在车里进行了先期研究部署和战斗动员，指战员们集中精力，士气高涨。

赵万昆带着西昌大队指战员集结北线后立即勘察地形，大坪村边上的公路算是一条天然的隔离带，可公路比较狭窄，不足以完全阻断大火的蔓延，大家沿着公路伐倒两旁的树木，依托公路拓宽隔离带，严防死守在公路至山脊上。

成都大队赶到大坪村时，山火已经从林子里向村庄大范围蔓延，火势借着风力齐刷刷地向着大坪村的位置袭来，整个村庄被浓烟包裹着，慌乱的村民抱着被裹离家的身影在浓烟里若隐若现。也有一些村民迟迟不肯离开，他们常年居住在山里，以畜牧和种植为生，家中的牲口是他们一年的营生，此时牛羊鸡猪都关在圈里，他们又怎能舍得抛下呢？

村民们并没有走远，村子边上有一个裸露的小斜坡，他们一个个呆呆地站在那里，人很多，男男女女老老少少，有的两手空空，有的费力地抱着行李物品，现场很安静，没人讲话。十几米高的火焰马上就要烧到村子里了，村子里的房屋是破旧的土坯房，泥土夯起来的围墙，里边都是木头搭建而成的小楼，每家每户门前还都堆放着一定量的草垛和木柴，如果山火烧进了村子，那村民赖以生存的村子将付之一炬，无助、恐惧的他们讲不出话来，看着忙忙碌碌的指战员们，村民们在心里默默地祈祷着。

"07，07，村子下边的水塘距离火线大概1公里，可以抽水灭火。"就在村民无奈地看着这场灾难蔓延的时候，成都大队勘察员用对讲机传来了好消息。大队长张学千立即下达指令，架设水泵，利用水塘里的水打压山火。

从水塘到大坪村这一带，坡度大概在50多度，如果只有1个水泵的话，水是输不上来的，张学千在大脑里快速计算着水泵的架设数量和水带的铺设数量，1个水泵架设3条水带，每条水带30米长，他在水源位置安排了2台水泵，第一根水带处接1个三通阀，两台水泵供出的水合二为一，往前每隔90米架设1台水泵持续出力，这样采取串并联相结合的方式，几十条水带将水塘里的远水输到了大坪村旁边的近火前。

枪头出水的时候，时间已经是晚上11点多，山火在夜色的衬托下显得更加凶猛，冲天的火光映红了大坪村周边的天空，此时大火已经烧到了村子外围不到100米的地方，最近的大概就是十几米左右的距离，大家从外边看感觉这个火已经烧到了房顶。

"打！"在水泵的咆哮声中，与水带连接的枪头里尚有几分浑浊的水喷涌而出，大家根本没有时间考虑，赶紧拿起水枪与火魔贴身肉搏，数条水龙对准火头进行围攻，大坪村保卫战全面打响。

前方是熊熊烈火，后方就是被大火照得发亮的大坪村，镇守东南线火场的一中队任务甚是艰巨。作为枪头手的一中队一班预备消防战士王鹏迎着火头毅然决然就冲了上去。

"王鹏，快回来，起风了，危险！"指导员杨俊辉的话还没有传出去多远就被树枝的炸裂声吞噬了，浓烟滚滚呛得人说不出话。眼看大火就要吞没王鹏，来不及多想，杨俊辉一个箭步冲上前去抓住王鹏的肩膀，用力一拉让他后退了好几步，王鹏手中的枪头在杨俊辉突然的拉扯下滑落在地上。

王鹏看枪头慢慢就要消失在火头里，低着身子冲过去捡。

"你小子不要命了吗？"杨俊辉急得大吼。

"指导员，没事。"王鹏抱着刚捡出来的枪头傻乎乎地回答。

几十秒，枪头掉落的地方已经燃起了火苗。杨俊辉一边检查着王鹏有没有什么地方被烧伤，一边哭笑不得地望着这个19岁的"傻小子"。在火场上，森林消防员们的血性一旦被点燃，所迸发出的勇气和力量是无法估量的。

在成都大队西侧的凉山支队指战员等到最佳进攻时机时，火线已烧到了公路旁，这里坡度稍微减缓，风力灭火机手加大马力等在火势猛烈位置，二号工具手一字排开守在火焰稍弱的地方，进可攻，退可守。

"兄弟们，上去，盘它！"在一中队队长刘军的大喊声中，队员们抄着手中的装备冲了上去。这一句"兄弟们，上去，盘它"便是凉山支队指战员面对已经被浓烟包裹的村庄吹响的冲锋号！

漆黑的夜里，队员们依靠头灯的光亮，向火线边打边攀爬，前进的征途上，碎石与松针掺杂在一起，走在上面异常地滑，时不时有队员滑倒，但他们没有停下前进的脚步，从他们身后望去，明晃晃的火线前，是一个个坚毅的背影，他们的青春被火光照亮，每一步都是金灿灿的勇敢。

火线上，地面的杂草枯枝已经被烧得精光，一些粗壮的倒木也被烧得火红，队员们的风力灭火机一吹，火星子顺着气流漫天飞舞，在漆黑的夜里，有的像一朵朵盛开的花朵，有的像一道道倾泻而下的瀑布。被火光映红的夜空挂着数不清的星星，但大家不用抬头就能欣赏到星空，因为火烧迹地里遍地残喘的火星，一闪一闪，看起来就像浩瀚的"星空"。

队员们已经沿着火线扑打了接近一个小时，但前方的山头依然冒着熊熊火光，灭完一个火头后，大家没有丝毫停留，继续向前方冒着火光的位置赶去。常年在山中灭火的他们清楚，前方的火线还很长。

这一晚，火场上的气温降低了不少，但风还是一直刮个不停。火借风势，风助火威，火越来越大，成都大队决定再增设一组水泵压制火势，四级消防战士钱永祥和二级消防战士伍正忠作为油桶手和水泵手受领了这个任务。增设水泵时管带里的流水只有引流或者减压，待增设的水泵连上并启动后才能恢复供水，这一般要花一两分钟的时间，在这关键的时候，这一两分钟感觉变得很漫长。

水泵增设好后，成都大队 24 台水泵全部用上了，各水泵手加足马力开始抽水，可水始终不见上来。

"怎么还不出水？大火就要烧下来了。"张学千在对讲机里焦急地喊着。

原来是因为水塘比较小，加上之前已经抽了很久，所以水塘边缘水太浅无法满足水泵供水的要求。猩红的火舌借着大风就要越过沟底，蔓延至大坪村，就在这千钧一发之际，来自阿坝高原的"牦牛"钱永祥挽起裤腿走进了冰冷刺骨的水塘，将吸水管移到水深处后，水泵重新加大了油门，恢复了供水。

"怎么水这么小啊！"对讲机里大队长的声音再次响起。

"可能是水塘里淤泥腐叶太多，将吸水管堵住了。"钱永祥再次折回水塘深处，弯着腰伸长双手清理着吸水管周围的淤泥。看不见的水底，钱永祥摸到了潜伏的蛤蟆、青蛙和动物尸骸，顿时毛骨悚然。淤泥清除后，供水开始正常，可吸水管一旦放下后会再次被堵住，钱永祥只得用双手托着吸水管，让它保持在水面与水底的中间，就这样，他在接近零度的水温里一直坚持着等待队友们将火扑灭。

十

"季祥，打开突破口后迅速沿着火线向西扑打，向指导员那边合围。"供水恢复后，成都大队一中队消防战士季祥的对讲机里传来队长唐天钧的声音。

这是季祥第一次上火场，第一次担任重要的枪头手。他下连后由于身体长囊肿做了手术一直处于调养状态，改革转制后他多次向中队请战，但是组织考虑到他身体原因都没有同意。为了证明自己，季祥在日常训练中不断突破自己，在多次五公里测试中拼尽全力，最终成绩名列前茅。这次他提出参战申请，中队带上了他。

"队长，我要当枪头手，保证打灭火头。"一上火场，季祥就主动请战负责最重要的位置，灭火作战展开后，季祥迅速到达指定位置，他紧握手中的枪头，喷涌而出的水像蛟龙一样冲出来吞噬着火头，那一刻，他感受到了把火打灭的痛快。

可过了没多久，季祥发现打火不是自己想象中的那么简单。他把眼前的明火扑灭后，在疯了一样的山风中，大火一下又复燃起来，浓烟弥漫，熏得队员们根本喘不过气。季祥把口罩弄湿、戴上眼镜，又展开了战斗。一人多高的烈焰，把队员们的身体烤得滚烫，扑火服包裹的地方还勉强能承受，裸露在外的脸就没那么好受了，灼热带来的刺痛在脸上积累，能腾出一只手的队员会举起戴手套的手掌挡在脸前，腾不开手的队员只得把脸侧过去，一边烤得受不了了又换一下，把另一边脸侧过去，来回地交换着"受烤"。

寒冷的夜晚，遍地的碎石，一条管带在不断的拖动磨损中发生了破裂，大量的水从破损口流走，枪头里的水顿时失去了不少威力，停下来换管带会贻误战机，来不及多想，消防士刘瑞民拎起漏水的位置，两只手紧紧地把破损口捂住后扛在肩上，拖着管带跟着枪头移动。深夜 12 点 10 分，大坪村周边火头被扑灭，没有一处房屋被烧毁，这时，破损口渗出来的水顺着刘瑞民的胳膊早已把他全身的衣物浸透。

打火时干着"体力活"，还"烤着火"，刘瑞民没怎么感觉冷，可等到明火打灭，所有人沿着火线静态看守火场时，阵阵寒风吹来，刘瑞民再也顶不住了，牙关开始不自觉地打起架来，身边的队友见他抖得厉害，一边帮他搓手取暖，一边给他泡自热米饭吃，但收效甚微。凛冽的寒风中，普通人都感觉冷，更何况是全身湿透的他呢。

钱永祥终于等到捷报传来，听到对讲机里传来关闭水泵命令的那一刻，他终于解脱了，他直接将吸水管提出了泥塘，走出泥塘那几步，他感觉冰冷得有些迟钝的脚已经不听使唤了，从水里到岸上这短短的几米，他走得艰难而又漫长。

"大坪村保住了。"孟庆瑞视察了一圈，下山的火头都已经彻底扑灭，大家转入清理看守阶段。从攀枝花支队火场方向赶来的金德成看着解除危险的大坪村也感到很欣慰，只是山顶方向还有一片新的火场在不停地燃烧着，红彤彤的火光照亮了半片夜空。身边的群众告诉大家，那个地方植被比较厚，没有上山的公路，只有一条小路上去，这深更半夜地上去打火的话可能不安全，建议先让它着着，明早天亮了再去扑救。

"这火要是让它烧一夜的话得烧毁多少林子啊！而且那片林子里还有几家独立的农户，咱们今晚务必要把火灭掉，不然那几户人家的房屋很可能会被烧毁。"金德成语重心长地说。孟庆瑞对金政委的观点是坚决支持和肯定的，为保险起见，他带着两个消防员，又找了一个熟知地形和山路的当地村民当向导，打着手电筒朝火点赶去进行先期勘察。

"政委，经过勘察，目前火场为急进地表火伴有树冠火，过火面积不到一公顷，距离大概一公里半，这火我们可以扑打，争取今晚把它扑灭，请求调用成都大队的预备队先携带常规机具进行控制，再抽调一中队部分水泵输水上山扑打树冠火。"半个小时后，孟庆瑞用对讲机向金德成进行了汇报。

"好，我同意你的作战请求。"金德成回复。

队员们到位后，孟庆瑞在一线组织常规分队采取扑打顺风火的方式，在上风方向打开突破口，一点一点地顺着火线进行地表火的扑打。金德成在火场下方抽调了一中队 6 台水泵 2 个水囊，架设水泵铺设管带后，继续抽水上山灭火，水泵分队的水源到位后，主要对准火头和树冠火进行强攻，两支分队相互配合，凌晨 2 点，火点被全部扑灭。看着大坪村一线的危险全部被排除后，金德成又转身往凉山支队火场赶去。

金德成是中午从成都出发的，到火场后徒步在全长 8 公里多的火场走了一圈，掌握了火场各线的情况并安排部署完之后，才来到大坪村火场一线，现在又摸黑到凉山支队作战一线。孟庆瑞得知金德成又去了别的火场，心里不免对这个 60 多岁的老领导多了几分担心，又增添了几分敬意。

"雷江，今天不是你的生日吗？"

"对啊，你怎么知道的？"

"前几天不是听你提起，要准备请客的嘛，我还给你定了个蛋糕呢。"攀枝花支队的战斗落下帷幕后，几名队友在火烧迹地里找了一处火堆取暖休息，3 月 1 日，是预备消防士雷江 19 岁的生日，本来队友几个合计给他过生日的，没想到出任务了。

"我这里有牛肉罐头，我给你烤烤将就吃吧。"站在一旁的消防士袁瑞君拿出自己包里的罐头放在火上烤了起来。

听说今天是雷江的生日，其他人也拿出了自己的罐头和其他食物，烤的烤，吃的吃。黄黑斑驳的火烧迹地里，几个人围着一小堆野火，火苗发出的红光把大家伸手取暖的阴影鲜明地绘在火堆的周遭。不一会儿，火堆上罐头的四周，呼呼地冒起了白色的蒸汽，罐头四溢的香味和松柴的芬芳弥漫开来，惹得大家更加迫不及待地想大快朵颐。

"好了好了，可以吃了。"袁瑞君找了根小树枝折成两截给雷江递过去。

雷江凑近"小火锅"深深吸了口热气，罐头中散发着浓浓的牛肉的香味，被火煮沸后的汤汁感觉不是那么油腻了，他夹起一小块牛腩，一口咬下去，软的、嫩的、辣的、烫的感觉和交杂的味道溢满了他的嘴巴，他又嚼了嚼，嚼劲刚好。

"太好吃了。这个生日难忘啊，大家别光看着我吃啊，你们也快吃吧！"雷江看了看大家，比画着"筷子"对大家说道。

战士永远是年轻的，他不犹豫，不休息。从六十多岁的老领导，到十几岁的小年轻，大家同在一个火场战斗，不分年龄大小，不分职位高低，心往一处想，劲往一处使，从白天到黑夜，直到火灾被扑灭。

经过近 20 小时的连续奋战，凌晨 5 点 30 分，火场实现全线合围，虽然身负连夜作战的疲惫，但是此时却是全体指战员最轻松的时刻。山下，凉山支队吃上了到火场后的第一顿热食，简单的大锅菜他们吃得很香，一碗接一碗。也有些队员因为连夜作战太过疲惫放弃享受火场盛宴，在车中熟熟地睡去。

"这是这两天吃得最香的一顿饭了。"木里大队四级消防战士李国都说。

在单位的时候基本上算是吃啥有啥，可在山上，在火场，在一线，大家只能是有啥吃啥了。火场上，独立的中队基本可以配一个炊事员，有时候出去打火，条件允许时间充足的话，炊事员只有自己配菜自己生火自己煮饭炒菜，要是条件不允许时间不充裕，那基本就是给大家煮一锅面，或者煮一锅罐头大锅菜。有些集中驻防的大队会把炊事员集中起来一起生火做饭，那样的话配菜的配菜，炒菜的炒菜，大家会炒上几个像样的菜，还能煮一锅浓汤，让队员们暖暖胃，改善改善伙食，但那种情况是比较少的，在火场上能吃到大锅菜，大家已经很满足了。

"指导员，刘瑞民冷得不行了。"成都大队对讲机里传来班长伍正忠的声音。

杨俊辉过去一看，一群人围着刘瑞民，抱成一个团，用身体为他挡风取暖，杨俊辉感觉有点心酸，但看到这一群兄弟，他们就是彼此的挡风墙，是彼此的"暖宝宝"，他心里热乎乎的。夜幕深沉，明月悬空，山野宁静，气候寒凉，一颗流星划过苍穹又消失在苍穹，整支队伍人困马乏，有的几人一组挤在一处角落埋头而憩，有的找了片平野席地而卧，也有的受寒意袭身实在睡不着就在一起小声促膝长谈。这一晚，队员们全都没有离开火场，就在火线边缘就地看守。

不知不觉中，东边的天幕渐渐泛出灰白，晨曦微现，月光变得灰暗朦胧，仿佛为深夜忙碌的人照了一夜亮，有些倦乏了。

甘孜支队的队员们鏖战了一夜，其负责的火场实现了无火无烟无气，大家疲惫地坐在火烧迹地里，抬眼望去，远处的天空渐渐变得明亮起来，突然觉得把白云还给蓝天，把绿色还给大山或许就是自己的事业、自己奉献的意义所在。

十一

黎明是伴随着大坪村公鸡的打鸣声来临的。转危为安的大坪村从由暗到明的光亮中慢慢苏醒过来，折腾了一夜的村民还不曾有动静，大人们可能舍不得离开温暖的被窝，孩子们可能还在甜甜的梦乡里遨游，圈舍里的牛羊不时发出一声低吼暗示自己已经醒来，角落里蜷缩着的看家狗探出脑袋瞅一眼又把头埋进了自己的腹下。

清晨 6 点多，地方群众到火场后，消防队移交了火场，撤下山来。挨过了一夜冻的森林消防指战员整装集合了。一阵零碎的窸窸窣窣声中，大家清理了场地，或背、或扛、或提，将所有的装备带上启程回撤。可能是感觉到了森林消防员们就要走，一些村民走出了家门，在门口拦着路，要留大家吃饭，还有的跟在队伍后边不住地说着感谢的话。

没走多久，太阳出来了，顺着山坡一看，远处群山逶迤，连绵不绝，近处枯草灌木丛生，荒芜得令人窒息，只有几只鸟飞入高空，不时传来一两声鸣叫，给这片死寂的荒原平添几分生机。

"俊辉，组织大家唱首歌吧！"

对讲机里传来了张学千的声音。他为当前的气氛担心。

杨俊辉时常戴着一副眼镜，白白净净的，看着像一介书生的他实际上是个狂野的汉子，虽然只入职 6 年，但当过排长、作训参谋、宣传干事、指导员，丰富的历练使他不但素质过硬，言行还很有感染力。杨俊辉在稍微酝酿之后放开了嗓子：

"同志们，我们打了胜仗，保住了一个村庄呢！多么振奋人心啊！来，我们唱首歌涨涨劲，一口气撤下山上车回家。

刀山敢闯，预备唱……"

"刀山敢闯

火海敢闯

我们赴汤蹈火奔向救援战场

英勇顽强

不怕牺牲

我们逆向前行为生命带来希望

哪里有危难

哪里有我们

好儿郎为祖国勇敢担当

科学高效

专业精准

战斗中书写卫士荣光

招之即来

战之必胜

为人民筑起安全屏障

……"

一曲唱毕，队员们精神了许多，脸上挂满笑意。他们迎来了一个鲜艳、明丽的早晨。

上了车，队员们卸去了身上沉重的装备，摘下把额头压出褶、把头发压成饼的头盔，脱去斜掉在肩上的水壶挎包，卸下横绑在腰上的编织腰带，坐进客车舒适的靠椅，顿时轻松了许多，有的还没等到车子出发就渐渐进入了梦乡。指战员们都带了大衣，有的穿在身上，拉链一拉，再用连衣帽罩住头，上半身一直到头就被严严实实地裹在了大衣里；有的把大衣摊开，将其当成一个小被子，就把弯在座位上的小腿、膝盖、肚子、胸脯全盖住了。他们就这样把座椅当床，将大衣当被，在路途的颠簸中睡去。路途近的凉山支队、攀枝花支队，队员们可能一觉就睡到了单位，路途远的成都大队、甘孜支队、阿坝支队，可能除了中途下车吃饭，其余时间都在睡梦中度过，他们实在太累了，唯有好好睡一觉才能让大家缓解全身的疲惫。

长途输送，最受考验的是驾驶员，接近火场的盘山土路上，他们就像走钢丝那般步步惊心，下山后穿县过市的高速路上，他们又开始了像做平板支撑时那样承受既漫长又费劲的煎熬。

攀西高速上，攀枝花支队盐边大队驾驶员刘俊小心翼翼地驾驶着车辆，不时抬头看看反光镜里队员们的情况。上高速后车辆平稳了许多，车厢后边不时传来的几段呼噜声，仿佛告诉他我们睡得正香，你开稳点。副驾驶座上，带车干部也早已经困得不行了，但是他怕刘俊犯困，一车人的安全就掌控在他手里呢，他不得不保持着清醒不时跟刘俊唠唠嗑，给他提醒提醒路况，为他点支烟提提神。

烟，一根接一根地抽。这个出生于1991年的小伙子其实不喜欢抽烟，抽烟对身体不好，这个大家都知道。不过，"你抱着方向盘，不由自主地就掏出烟来了。"开一天车，他能抽一包半，他的驾驶员战友里，最厉害的一天抽了3包，抽到嘴皮干裂，嗓子干疼。"没办法，这是最好的提神办法。"

与刘俊路线相反的雅西高速上，成都特种救援大队驾驶员石兴开着装备车行进在车队里，不时瞄一眼车窗外沿途的风景，这个活泼的大男孩会因为看到高架桥上流过的一团别致的雾气兴奋地叫出声，还会通过对讲机告诉一起前行的伙伴。他和成都大队以及总队汽车队的十几名驾驶员跑这条道已上百次，上百次的重复足以让他们记清每一个分叉路口，几百公里的道路他们根本不需要开导航。石兴所在的车队给驾驶员们准备了很多能量饮品，每次出发去领的时候大家要么抱一满怀，要么直接提一打。有的驾驶员还会买口香糖来嚼，换着方式解乏。

因为路途较近，凉山支队往往是最先到达火场开始灭火作战的，火灭后，他们也最先返回营区休整。队员们归建后第一件事就是做灭火作战讲评，各大（中）队、各班都会认真总结灭火过程中的优点与不足，灭火作战讲评一般不会太久，因为大家还有很多重要的事要做，清理维修装备就是重中之重的事。

每次灭火作战，大家带上火场的灭火机、油锯、割灌机以及其他装具大大小小有上百件，如果用上了水泵，那少说还有几十条管带需要清洗晾晒。中队一般会以班为单位进行分工，检查机具有无损坏，性能完好的会被擦拭干净加注油料后重新装车，出现问题的会被经验丰富的老班长修缮调校一番，用过的水带会被大家一根根拉直，放在一处坡地上晒干，然后又装进管带框便于下次使用。忙完这一切后，澡堂和洗衣房便成了最热闹的地方。

队员们脱下满是黑炭灰尘和污渍的灭火服，仿佛刷了一层黑漆的脸、脖子、手和脚，在稍微白净的身体的映衬下显得更脏了，队员们一个个迫不及待地冲进澡堂，这时候，原本空旷的澡堂变得拥挤起来，有时只能两个人共用一个喷头，有的队员来晚了没位置又返回去，他们可能会选择先去洗衣服，或者去平日里洗脸的洗漱间用盆浇着水把澡洗了。

洗衣机也忙不过来了，洗着满满一缸脏衣服，嗡嗡转个不停的洗衣机盖上，还堆满了排队待洗的衣服。这时候大家也不讲究那么多了，一缸里洗好几套衣服，谁也不嫌弃谁。也有不少队员选择手洗，他们需要的就是在下一次打火前尽快把该洗的洗好晾干。还有的选择不洗，每人就一套扑火服，指不定衣服还在盆里泡着又得出去打火，弄不好就得到处找借或者"湿"装上阵，在凉山支队，类似的情况没少发生。

在队员们忙完换上干净衣服准备吃晚饭时，代晋恺还没来得及脱下那身红里带着片片黑迹的扑火服，他回到单位后除了给相机充电，上了两次厕所外，其余时间基本都是坐在电脑前写稿。为了第一时间把素材提供出去，火场归来后，选照片、写文字占据了他全部的时间。作为一名新闻报道员，代晋恺提供的素材和稿件被媒体大量采用，他用文字和图片记录下来的那些惊险、奉献和感动，装满了他的朋友圈，装满了支队、总队的公众号，装满了网站搜索"凉山火灾"关键字后出现的几百个页面……

晚上1点回到宿舍后，代晋恺匆匆洗了个澡，粘到床那一刻，他强迫自已清空大脑，只留一个念头：睡一觉，管它刀山火海，即便烈火灼身，也不起来了！他真的有点累。他根本未曾想到，此时此刻，又有一处森林火灾正在蔓延。

十二

不知睡了多长时间，代晋恺照旧在起床号中醒来，虽然还是睡眼蒙眬，但他还是起身下床，人一旦习惯了早起，不管晚上怎么熬夜，第二天只要一到那个点，脑袋里仿佛开了窍，一下变得亮堂起来。

睡意全无了。他简单整理了一下胡乱放在床边的扑火服，到水房洗漱完，吃过早点，在去往办公室的路上，他听到了着火的消息。

十几分钟后，他发了一条朋友圈后登车往火灾现场赶去："朦胧之间，听说要打火了，本以为开玩笑。几分钟后来消息了，准备出动！今年第11场火，开整！"

这场突发的森林火灾开始于3月2日凌晨1点30分，位置在四川省凉山州盐源县官地镇阿梯坝村和和平子村交界处。早上8时30分，接到火情通报后的凉山支队第一时间启动应急预案，仲吉会带领通信等相关人员组成先遣组紧急赶赴火场开展勘察，颜金国组织队员从凉山西昌、会理、盐源、木里四个方向快速向火场机动。这时，有的消防员清洗的灭火服还没有干透，就穿着赶往火场。

大凉山的天空依旧湛蓝如洗，万里无云，在不起眼的山梁上，一支"橘黄"的队伍穿梭在林间小道上，路边一片片空旷的山野，枯草萎靡地趴在地上，无力地抗争着日渐干燥的山风，一些更是被风吹起，打着卷，去了不知名的远方。

"到了到了，快看，那边能看到火了……"

"不应该啊，按导航还有一段距离呢。"驾驶员边看边说。

下午14时15分，颜金国带机关前线指挥部及会理驻防分队，经307省道行驶至金河乡温泉村时，只见道路旁边的山林正在滚滚燃烧，颜金国迅速带人前往查看。原来，这是一起任务之外的森林火灾，火场植被以茅草和桉树为主，都是易燃种类，大火在风力作用下迅速蔓延，危及道路旁边民房的安全。

火场边的公路上来了不少救火的村民，但是干得发脆的茅草极易燃烧，火势蔓延速度还非常快，大家只有看着火干着急。

"全部下车投入战斗。"颜金国果断决策，会理驻防分队采取"一线平推、打清结合"的战法进行扑救。

在凉山支队直属大队班长宴祥轮眼里，这样的火不难打，但得找准弱势，在草浅火稀的地方直接利用风力灭火机的强风一吹就灭，在草丛过于茂密火势太大的地方使用灭火机反而会越吹越着，此时就可以采取封控隔离的方法打。宴祥轮2008年入伍后分到凉山支队，一转眼间干满了11年，11年里他打了大大小小100多场火，100多场战斗使他对这些森林火灾已经熟得透透的，但差不多使他的青春与帅气也都褪尽了。

进入阵地，宴祥轮带着几个灭火机手看准了火线上火墙薄的地方迅速打开突破口后，合力往火头压去，紧随其后的清理组将被吹散还燃烧着残火和冒着烟的地方一点一点清除，村上带来的二号工具也到了，不少村民每人抓起一把，也投入到清理工作中，在大家的齐心协力下，这场火扑救得比较顺利，不到一个小时就结束了战斗。

火灾扑救完后，村里得知这一支队伍原本是要去盐源县官地镇扑救森林火灾，路过这里看到林火后出手相救，非常感激："这一片是我们村的经济林，种的全是可以提炼精油的桉树品种，去年也着了一把火，给我们造成了很大的损失，没想到今年这火还是没防住，幸亏遇到了你们，得感谢你们啊！"

15时00分，支队将火场移交给当地村民后，立即整理装备赶往盐源县官地镇火场一线。临走时，村里扛来了几件矿泉水，硬往队伍车上塞："你们还要去救火，想留也留不住你们，这水你们带着路上喝吧！"

扑打上一场火留在衣服上的火烟味还未散尽，大家又赶到了下一场火灾发生地。

"快，先把无人机飞起来看看。"仲吉会支队长边察看火情边指示。

两名通信消防士协力从车里抬出两个大箱子，找了一处相对平坦的开阔地，开始组装无人机和地面站操控系统，这套设备于2016年12月配发到队，一时间成为基层队伍里最昂贵、最高科技的装备。但贵也是有道理的，在山高林密的大凉山上，无人机成了森林消防员耳目的延伸，大家可以用它来观测火场，可用其对火线长度、火场面积等数据进行测算，为指挥员决策提供依据，它有10公里的理论飞行距离，1000米的飞行高度，本身配两个摄像头（变焦云台部件及双光云台部件）及抛投机构，可对火场态势进行实时的录像、拍照、热成像探测及抛投灭火弹，也帮了灭火队员不少忙。

组装完毕，无人机操控手操纵着手持遥控器的档杆，往上一拨，只见无人机的六个旋翼快速旋转，托着中间那个圆滚滚的身子，在地面上被吹散的灰尘中拔地而起，闪着红绿两色的灯光往远处火场上空飞去。无人机飞远后，大家的目光落在了地面站飞控系统的屏幕上。

"哎呀，这个看得就全了。"

"就是啊，还挺清晰。"

围过来的几名老乡看着屏幕上的画面，山变小了，火也变小了，看半天也没找到自己所在的位置。

"高度560、速度7……"

地面站操作员从系统上观看着无人机的飞行高度、速度及回传的飞行姿态，及时向无人机操作手报告相关数据，在他俩的操控配合下，利用地面站飞控系统内的测算工具对火场面积、火线长度进行了初步测量：火场东线约有3公里断续火线和大量烟点，西线约有2.5公里连续地表火。

无人机空中侦察的同时，前线指挥部对林相、风力等情况也做了勘察：火场林相以云南松和杂灌为主，西南风3~5级，气温约13℃。幸好，火场周边无村庄、无重要设施。前线指挥部立刻做出了部署，直属大队和西昌大队从火场西北线打开突破口后，采取"一点突破、两翼推进"的战法，直属大队向西扑打，西昌大队向北扑打。随后，由盐源驻防分队在火场西南侧、西昌大队三中队在火场东北线、西昌大队四中队在火场北侧、直属大队一中队在火场西北侧同时打开突破口，会理驻防分队在火场东线跟进清理。同时，西昌航站派出 M-26、K-32 直升机各一架，实施空中吊桶灭火作业。3 月 2 日 19 时，火场明火全线扑灭，转入清理看守阶段。根据联指命令，各队分别于火场东侧、西侧、北侧就近宿营进行火场看守。

少了城市里的灯光和霓虹的大山里黑得很快，也黑得很透。等到大家找到一处安全合适的宿营地点时，天已经黑得伸手不见五指了。会理驻防分队的宿营点选在火场下方不远处一间破房子旁边，房子是搬走的百姓留下的，因年久失修，它展现给大家的是一副即将垮塌的样子，队员们也不敢进屋休息，只是在屋子边上借着土墙挡挡风，海拔 2000 多米的山上，当时气温已接近冰点，刺骨的山风吹得大家又冷又饿。

在头灯发射的光亮中，几名队员搭起了两顶帐篷，晚饭出锅了，是煮熟的一大锅方便面，大家吃得津津有味。这锅面能煮出来，得益于经验丰富的炊事员出发前在车上装了几桶桶装水，不然大家可能只有靠干粮充饥。

吃完饭后，队员们各自找着睡觉的地方，有的两人合伙搭了双人帐篷，有的在车子里裹上大衣简单睡去，还有的直接在外边的平地上铺块垫子就钻进了鸭绒被。火场上的夜是漫长的，不管是帐篷里、车厢里、鸭绒被里，呼啸的风、寒冷的夜、冰凉的地，都让大家非常不容易睡暖和，寒冷让睡意迟迟不来。

为了留住那一丝丝热气，鸭绒被里，和衣而睡的宴祥轮把睡袋的拉链拉到了最顶处，把头套裹得严严实实，只让自己的鼻子和嘴巴露在外面，可这一整夜他都没睡暖和，只是浅浅地睡着了一会儿。

火一半，水一半；

热一半，冷一半。

这是森林消防员的工作！

饭吃了一半，澡洗了一半；

觉睡了一半，梦做了一半。

这是森林消防员的生活！

训练场一半，火场一半；

生一半，死一半。

这是森林消防员的风采！

这一晚，有的中队因为回程太远，是直接在火烧迹地上度过的，也有稍近的队伍撤回到了出发地，一心想着把素材发出去的代晋恺也回到了出发地，前线办公条件不足，他只能对素材进行初步挑选，然后简单编辑火灾扑救情况后就报给程雪力。

休息前，代晋恺在朋友圈留下一天战斗后的温情感言："灭火结束后，天已经黑了，漫天的星空挂在头顶，消防员的头灯连成一串，在漆黑的山里格外显眼。当队员摸黑撤到山底时，山下是用电筒给我们照亮道路而迟迟不肯回家的村民们。"

村民们对队员的关切让全体指战员感动，全体指战员夜以继日的战斗作风也深深感动着村民们！

凌晨5点，月亮从薄云中走出来，将月光洒落大地，落在队员们的脸上，泛起阵阵银光。队员们起床了，迷迷糊糊地收拾着行囊。最先发声的是对讲机，里面传来前线指挥部的部署。挨过了难熬的一夜，不少人胡子长长了，一根根排布在黝黑的皮肤上，让大家显得更加沧桑。山上缺水，不便于洗漱，天气太冷，很多队员也不愿洗。

"集合。"在指挥员的哨声中，蜷缩在各处的队员们又集结在一起，今天的任务是清理火场，全面消除烟点火点。100多名森林消防指战员在晨曦中，沿他们前一天开辟出的小道步履艰难地行进着。队员们肩上扛的油锯、背上背的风力灭火机"叮叮咣咣"地响着，像一种特殊的伴奏，在寂静的路上，裤腿的摩擦声、树枝的剐蹭声、脚步的落地声也清晰起来，灯光中行进的队伍蜿蜒了几百米山路。

清理火场不像扑打火线那样，烟点火点分布在整个火烧迹地里，一个中队会分成几个小组，往火场不同的方向进行清理，大家要尽可能地散开形成拉网式排查，这样既快速又彻底。

进入火场后不久，对讲机里陆陆续续传来队员们的汇报："我部发现一处地下火，正在处理。山顶发现两处烟点已清除......"在零零散散的汇报声中，太阳出来了。

3日8时30分，前线指挥部再次放飞了无人机，对火场全线进行勘察，经无人机勘察，火场实现"三无"，支队组织将火场移交给地方后，于14时06分安全归建。

十三

凉山州的初春天空本该是清朗的，可是 3 月 3 日凉山州冕宁县先锋镇南山村周围的天空，却完全被浓烟给罩住了，烟雾的缝隙里，一轮奇特的太阳顽强地闪着白光。15 时左右，南山村 2 组发生森林火灾，凉山支队全体指战员刚从上一场林火扑救中安全归建，回到单位还没来得及坐下歇口气，又接到了出动的命令。

"队长，我也要去。"上一场火下来，西昌大队四中队三班副班长汪耀峰突发急性肠胃炎，肚子疼得直不起腰，额头的汗珠止不住地往外冒，中队长张浩让他在家休息，可他死活要跟着队伍。

"你先去买点药吃，等好点了咱们一起去火场。"张浩给他指了条"明路"。

"行，我去对面药店买点药带着，你们等着我啊！"汪耀峰说完往大队斜对面的药店走去。

趁他买药之际，队伍启程，向火场开进。

汪耀峰没被安排留守，却成了留守队员，看着远去的车队，他委屈了半天："不是说好等我的吗？"

但他冷静一想，队长那也是为自己好。

一场火下来，大家已经疲惫得连澡都不想洗，想直接躺床上睡觉。可战斗警报再次响起的时候，大家还是一下子从床上弹了起来，那时候他们心里就像被注射了一针兴奋剂。

有的时候，队伍里面会安排一些留守人员，留守的人员有时候嘴上会讲："哎呀，这次没有去打火，没受累。"但内心里，他会觉得自己没参加这场任务是遗憾的，没有像其他人一样光荣。

那些上了战场的同志，任务下来之后，有时候会感觉，自己那么辛苦，那么危险，跟留守的队员比起来太不值得了。但一接到命令，出发的那一刻，这些全都忘了，就好像不存在了一样。

这就是森林消防员，他们大多从十八九岁离开校园，来到这个队伍，就沉浸在这样的氛围里，在一场一场的战斗中成长起来，上战场打火已经成了他们的一种本能，一种深入骨髓和内心的使命。

在凉山支队指战员出发不久后，又有火情从凉山通报出来：16时15分，凉山州喜德县拉克乡干拖村附近地区发生森林火灾。四川总队立即部署，调派攀枝花支队迅速赶往扑救。阿坝支队、甘孜支队、成都大队也相继出发赶往增援。

坐在疾驰的车上，凉山支队西昌大队三中队中队长蒋飞飞感觉现在不只是身体疲惫，心也有些倦了，这种疲倦在看到深山中腾起的滚滚黑烟遮住太阳，看到阵阵大风让沟谷里的火在一瞬间形成了上山火向两侧的山峰烧去那一刻化为乌有。他清楚森林消防意味着什么，森林消防意味着和山火的无数次搏斗，意味着在血与火中的无数次历练。背着森林消防这个名号，大家怎么会在火灾面前表现出疲倦呢？

先锋镇南山村火场上，成片的火海不断翻腾着，散发出的灼人高温让本打算上山救火的村民不敢靠近。凉山支队消防员穿梭在火场的浓烟之中，举步维艰。这样的山火，人根本无法靠近。浓烟遮罩了整座山，火场内的火有多大用肉眼根本无法判断，人员一旦进去很有可能出不来。

大火形成下山火不断地往山谷蔓延。山谷的另一边，是没有被燃烧过的原始森林，火一旦越过山谷烧向另一边的原始森林，那将会形成上山火一发不可收拾。队员们赶到山谷的时候，火线已经离谷底只有四五十米了。

"快，进行点烧，把这几十米可燃物点烧掉，火线也就断了，不然身后的这片山也保不住。"赵万昆果断下令。

点火手沿着山谷植被稀疏的地方进行点烧。扑火队员们背着风力灭火机、带着清理工具，沿着燃烧后形成的隔离带进行清理。这一场火，大队有意要锻炼新队员的灭火技战术，特意让新队员背着斯蒂尔风力灭火机扑打火头，老队员跟在他们身后进行指导和清理。点烧过半的时候火场突然刮起了强风，原本在上面缓慢燃烧的火线，突然加快速度横向袭来，一班班长杨杰、三班班长高继凯冲上前去，把新队员身上的风力灭火机抢了过来背在自己身上，加大油门，往火线冲去，四中队的两名班长也接过了身边新队员的风力灭火机，几名灭火机手的强攻推进一下控制住了火势。天黑前，队员们成功扑灭了这条火线。

当晚，凉山支队指战员借住在不远处的泸沽中学。第二天一早，大家早早收拾东西往火场开进，行进中发现的小惊喜让这些大男孩高兴得手舞足蹈，满心欢喜——一些同学买了些棒棒糖悄悄塞进了指战员的背囊里，还写了小纸条："森林消防员们，你们辛苦了，感谢你们！"

凉山支队从泸沽中学返回火场的时候，甘孜支队指战员也抵达了先锋乡集结地域，在支队统一部署下，参战人员划分为两个组分别朝火场东线和南线两个方向挺进。

"练兵备战，铸就森林消防铁军；勇士出征，向着凉山着火的方向。救民于水火，助民于危难，不是口号，而是实实在在的行动。三天两次远征，跨区增援（雅江—西昌）有我铁军在，火魔必被灭！请不要问我在未来的几天里灭火过程如何，因为你没有亲身经历，无法体会战斗的危险与艰辛，这里有着你根本无法想象的'刀山敢上、火海敢闯'，我只想在经历'赴汤蹈火、舍生忘死'后告诉你，'火灭了，森林和人民平安了'。"看着徒步向火场行进的队伍，张勇军在朋友圈留下了自己的感想。

七点的时候，西昌大队指战员爬上了一个小山头，只见有一大群地方百姓和扑火队员围坐在山头。

"辛苦啦，辛苦啦！过来歇歇脚。"群众你一言我一语地招呼起来。

队员们刚停下不久，山头下方，一条火线呈斜线燃烧蔓延上来。

"张队长，你带着你们中队，再从三中队抽部分人过去把这火按住，这火现在不打的话，等太阳出来温度起来了就不好打了，而且这火不灭掉的话群众在这里也不安全。"西昌大队大队长张军立即定下决策，把任务交给四中队中队长张浩。

"我就带我们中队去吧，应该没什么问题。"张浩说完，很快带着四中队往火线赶去。三中队也在中队长蒋飞飞的带领下去协同处置。

张浩带着四中队进入火线后，由于山体坡度太陡，林火又呈上山火蔓延，为确保安全，大家选择从火线底部进行扑打，一开始的扑打火头和清理火线工作还比较顺利，但当太阳逐渐爬高，气温逐渐升高的时候，风也随之到来，火线随之加快了蔓延步伐，队员们几次试图合围火线，却始终没能将其彻底扑灭。战斗一直持续到中午时分，惊险的一幕发生了，此时风已经越来越疯狂，有时候还压住了风力灭火机的声音，火借风势，风助火威，在一阵狂风过后，原本队员们已经扑打完毕的火尾逐渐复燃，队员们前方的火头也迅速往前蔓延而去，队员们前有火头拦住去路，后有火尾追击而来，被夹在中间前后为难。

"别怕，往火烧迹地撤。"张浩指挥着大家。队员们回头往火烧迹地跑去。

"不行不行，下面的火也烧上来了。"往回走不远，队员发现后方的火尾在狂风中迎头而来。

"前边有条小路，我们从小路过去看看能不能走出去。"张浩带着大家又顺着小路往火头烧去的方向跑去，结果那边是更陡峭的悬崖无路可走。大家只有沿路折返回来，就在那一条小道上迂回着与火魔周旋。幸好大家前面扑打出的大片火烧迹地形成的隔离带改变了林火蔓延的方向。在几次的转移迂回过后，大家转危为安了。

相比张浩他们所遇到的情况，甘孜支队所负责的火线情况要好很多，他们所在的位置风力也小了很多。张国胜带领一组负责扑打南线明火，张勇军带领一组负责清理东线右侧烟点。因当地自然条件限制无法架设水泵，队员们只得使用风力灭火机和二号工具实施灭火，虽然灭火进度有些慢，但到傍晚时，他们所负责的区域的明火被全部扑灭。

为防止火苗复燃，甘孜支队参战队员在山顶安全区域休整待命，死死地看守着火场。队员们与大山为伍，与林海相伴，默默地坚守在夜空下，此情此景，让当了二十来年森林消防员的张勇军感动，他又悄悄地写下了一首小诗：

冕宁泸沽大火起，今夜无眠斜靠地；

妖风劲吹残叶林，守护火线拼尽力。

半山听风哪歇息，山顶还有我兄弟；

昏恶一夜终醒来，祈愿火魔葬天地。

十四

这一天，张浩所在的火场上，从上午10点到下午7点风都比较大，整整一天，火线不断蔓延，浓烟丝毫没有散去的意思。直到深夜，风势逐渐减弱，浓烟下散发出的火光让整条火线脉络走向暴露在肉眼之下。在全面掌握火场态势后，前线指挥部当即决定展开"零点行动"。

"谁跟我去？""零点行动"中，张浩被安排为突击组长，他要挑几名先头人员。

"我去。"正在吃泡面的赵永一站起来说。听到要总攻，他立马来了精神。

"你继续吃吧！"张浩看了看泡面吃到一半的赵永一，不忍心打断他把肚子填饱。

赵永一一听急了，放下泡面就去拿灭火装备。

作为预备消防战士的赵永一是比较优秀的一名年轻队员，他仿佛对队伍的一切都很好奇，在练习新科目绑绳结时为检验大家绑得是否结实，他亲自实验逃脱术，甘愿做队友的试验品，一旦挣脱说明绳结做得不牢固，因此他一度被大家称为"绑不住的赵永一"。在练习400米障碍跑的翻越矮墙时，新同志都不敢飞跃，他跑过来直接就朝着矮墙扑了过去，险些栽了跟头，大家都为他的安全担心时他却说："没事，怕就永远过不了。"赵永一一直想要在火线上入党，一个党员就是一面旗帜，他就想成为那面旗帜。

又是黑夜作战，队员们一遍遍地检查着自己的装备和给养，眼罩、口罩、披肩、手套、头灯、应急灯……几乎是一个一个过，这些都是火场上必需的装备，生怕少了啥。后勤为大家准备了压缩干粮、自热米饭、火腿肠、矿泉水等给养，已经负重满身的队员甚至会为带几瓶矿泉水而发愁，带上吧，太沉太累，不带吧，怕一时半会儿回不来没水喝。这种上火场前紧张、刺激、忙乱的情景是常人永远不能体会的。那一刻大家确实有一种"壮士一去不复还"的紧张心理，胸腔中有一种既雄壮又恐惧的气团在鼓胀着。

零时左右。"零点行动"开始！指挥员的声音从对讲机一传出，按规定时间抵达火线旁的消防员们在同一时刻展开了扑救工作，灭火机的声音几乎同时响彻整个森林。

西昌大队四中队刚刚抵达火线旁准备稍做部署后对火头发起冲击，班长程方伟和其他3名消防员在火线前为身后的队友警戒，防止意外发生。他们背着风机刚刚抵达观察位置，一阵风就刮了起来，因为天黑，一些飞到程方伟身后的火星掉入腐殖层里就没了光亮，但是火星的温度依旧很高，在风的作用下慢慢引燃了还未燃烧过的腐殖层，火苗借着风势蹿上了枝头，形成了树冠火，将他和队友包围在火海之中。

在他们身后察觉异样的队友马上冲上前。"程方伟！程方伟！"中队长蒋飞飞扯着嗓子大吼："先撤过来，你那里不安全。"但树枝燃烧发出的噼啪声和一些干枯的树干燃烧后发出的炸裂声将蒋飞飞的吼声压了下去，一边大喊一边向程方伟跑去的蒋飞飞被身前的火墙散发出的高温逼退到远处。此刻，火海中风机声、大吼声、树干炸裂声和树叶燃烧发出的噼啪声混杂在一起。

程方伟身后的大火让他不能撤退，只能从身前的小火线上打开一道口子进入火烧迹地避险。他把战友组织起来将身前的火线打开了一个突破口，成功地进入了火烧迹地。

看着火向蒋飞飞他们烧过去，程方伟心急如焚："如果不想办法把新形成的火线控制住，那就完了。"

等了一会儿之后，风渐渐小了下来，进入火烧迹地的程方伟和唐博英简单商讨后，带着另外两名队员转身向大火跑去。机会难得，没有了大风的助力，火焰没有了嚣张的气势，3台灭火机同时对准火线展开了扑打，剩下的1

台风机则在身后为他们降温。火场上高温炙烤，战友用水枪互相喷水或用风力灭火机送去冷风，这是大家最常用的降温方法。

浓烟包裹着他们，此刻他们的眼中只有一望无际的白烟和眼前的火线。几分钟过去了，熊熊的火墙中间分开了一道口子，火势也在逐渐减弱，程方伟和几名队员模糊的身影出现在蒋飞飞视线内。"上！上！上！"早已在火线远处等待机会的队员们一拥而上，将本还有几米高的火焰掐死在原地，被火光照亮的天空也暗了下来，火烧迹地内留下的火星与头顶的星空在黑夜中争相斗艳着。

"搞定。"程方伟和唐博英相视一笑。

三中队一班班长程方伟是西昌大队最年轻的班长，读书时是同学眼中最成熟稳重的人，到了大队却成了见火就"疯"、见火就冲的灭火先锋。三中队二班副班长唐博英和程方伟是一个新兵连的，又同在一个班，两个人从新兵连时期就开始暗地里较劲，不管做啥，从内务到军事，都是你追我赶。一次下午的障碍训练，程方伟跑了1分58秒的好成绩，可是唐博英却跑了1分59秒，不服气的他又跑了一趟，取得了1分56秒的成绩后他累得倒在了地上。唐博英比较敢做第一个吃螃蟹的人，在中队，没有几个会做单杠练习的，年轻消防员里，就唐博英会，他因此被公认为中队的"器械小王子"。他这种不服输的精神一直让程方伟很赞赏，两个人共同比拼，共同成长、进步着。

与硝烟弥漫的充满着机枪、坦克、大炮的那种战场不同，和熊熊大火鏖战的这个过程是另一个战场，在这个战场上，程方伟和唐博英从平时的对手变成了搭档，他们互帮互助，生死相依，完成一次又一次的灭火作战，这是战友之间更深刻的特殊的情谊，因为这确实是生死之交，过命之交。

森林消防队伍里，大部分的队员都是从外地来的，他们离开家乡，离开父母妻儿，又与五湖四海的战友兄弟聚在一起，其实大家早已把彼此当作亲人一样对待，大家相处的时间比家里的亲人还多了很多，吃住工作出任务都在一起，就像代晋恺的母亲跟程雪力说的那样："代晋恺现在跟我们相处的时间跟你简直没法比，感觉你才是他的亲人。"

与东北那种绵延起伏但相对平坦的大山不同，川西地区山势陡峭，沟谷纵横，每一次打火，消防员们时刻面临着被大火包围的危险，也面临着被滚石砸伤的危险……

凉山森林消防支队西昌大队四中队主要负责火场一处沟谷内的火线，沟谷左侧的山坡上，裸露着大大小小的碎石，火烧过后，这些石头变得异常松动，没有了植被和腐殖层的阻碍，不断地向下滑落。

由于进入沟谷的人员过多，落下的滚石砸中森林消防队员的概率很大，大队决定临时组成两支三人突击队向火线靠拢展开扑救，由中队长张浩带队，班长高继垲就是其中一员。

高继垲所在的突击队作为先头队伍，在靠近火线后分3个点打开突破口。打开突破口后，没扑打多久，本还茂密的树林渐渐变成了开阔的斜坡，没有可以让大家抓的树干，高继垲只能一边用手扒着斜坡上的石头稳住身形，一边扑打火线，但有时踩在腐殖层上的脚用力过猛，整个人就会向坡下滑去。在这样的情况下，头顶上还不断有滚石砸下，他的头盔上已经布满碎石划过的白痕。

打了一半，高继垲突然听见头上不远处有轰隆轰隆的声音传来。高继垲一抬头，只见一个很大的黑影直直地向他脸上砸过来，那一瞬间他几乎是本能地用脚一蹬，想跃出滚石砸落的路线范围，但是脚下松软的地面根本借不上力，他一蹬不仅没有跃出去，反而还向下滑出两米多。滚石和他的距离越来越近，高继垲只能向一旁侧过身，刚转过身就看见滚石几乎是贴着他的身体飞过。

在高继垲百米开外的张浩没这么幸运，在电筒的光亮中一个滚石落在他前方然后又弹飞到空中，避已经来不及了，他只有侧身迎击，石头无情地砸在了他的腰上，一个踉跄过后，张浩感觉腰上剧痛不已，整个腰直直地不敢动弹，只有阵阵疼痛让他无法呼吸，他屏息掐腰强忍着疼痛挪动了几步，慢慢半靠半倚地躺在一棵树下。这惊险的一幕被张浩上方的张永强看在了眼里，随即电话通知了赵万昆，赵万昆安排胡显禄带着3个人赶到了张浩避险的地方，4个人慢慢地把张浩背到了前线指挥部所在的安全区域。

"张浩，你忍着点，我这就安排人送你去医院。"从火线上赶来的赵万昆看着张浩疼痛难忍，准备协调人手护送张浩下山。

"不不不，现在正是扑火行动的关键阶段，而且深更半夜下山也不安全，你们不用管我。"张浩叫住了赵万昆。

中队长受伤撤下后，在指导员的带领下，其余人员继续"零点行动"的总攻，山坡上时不时掉落着石头，但经过大家的奋力扑救，视线范围内的明火已全部被扑灭。就在大家以为任务要结束时，前线指挥部通报说前方还有明火，让突击组快速扑灭，四中队一班副班长在密林里找了许久才发现火点，原来隔了一条深沟在对面的山坡上。坡上被火烧过的山沟光秃秃的，时不时地往下滚石子，要打吧，扑救难度大，不打吧，那今晚的行动就算失败了。

"指导员，让我试试吧！"周鹏顿了顿说。他在深沟两侧都有树干的地方停下，踩了踩山坡找到发力点后奋力一跃，抓在对面的树干上，稳住身形后朝着山坡往火线走去。

"大家不要急，地形比较险，我先看看。"正当突击组打算跟进时，周鹏担心人多不安全，让大家停下了脚步，他到火点处理，可没过几分钟，头灯没电了。

"不要乱动，找个安全的地方先待命，等天亮再行动。"胡显禄说完，发现周鹏那也安静了下来。过了一会胡显禄又呼喊周鹏的名字，没有回应，原本他们所在的地方就出奇地静，静得让人害怕。顿时，大家的心提到了嗓子眼，刚才还好好的怎么这会儿就没有回音了？是不是出什么事了？大家打着手电往他走过的方向来回寻找，大声呼喊，过了一会儿才听见回应。

"指导员，我睡着了。"

"你小子吓死我了，给你照着光，你慢慢撤回来吧！"周鹏扒着山坡拽着树根一步步撤回了安全的地方，被处理过的火点此时也熄灭了。等到天亮下山，周鹏进到车里倒头就睡，叫他起来吃饭都懒得开口，闭着眼睛说不吃了，先睡了，疲惫的样子让人心疼不已。

那个晚上，张浩遇到了睡觉的大问题，亮着灯的车厢在漆黑一片的大山里显得温暖又明亮，回到车厢里，他坐也不是躺也不是，刺骨的寒冷剧烈地咬噬着他负伤的腰杆，他慢慢放低靠椅，试图睡去，但是马上又痛彻全身，他痛苦不已，静静地坐了一会儿，又轻轻地放低一些靠椅，就这样折腾了几次，才勉强躺平，这一夜过得十分漫长，虽然他渐渐进入了梦乡，但是在梦中，还是几次被痛醒。

"今年21岁，10年后的今天是31岁，没人知道10年后的自己会怎么样，但我还是想说10年后的我一定要比现在优秀，一定要在我的事业中有所成就，一定要花更多的时间去陪家人，一定要始终保持初心。"从火场下来后，周鹏在日记本里写下了这段话。

十五

经过一夜奋斗，可怕的烈火终于在山间停息。"零点行动"后的这个夜是漫长的。天亮了，春风轻轻拂过先锋乡山火烧过后的火烧迹地，带起一阵阵飞灰在空中飘荡。在火烧迹地的边缘，留下了森林消防队员密密麻麻的脚印，也留下了一片片山花。一簇簇杜鹃花的底部已被烤得发黄，但枝头的花苞依然红得鲜艳。

除了高山上的杜鹃花正在盛开，大凉山脚下，喜德县拉克乡干拖村的道路边，山地里的油菜花也正片片盛开，农田里的麦苗也抽起了嫩穗。

就在油菜花盛开、麦苗抽穗的农田旁，3月4日清晨，阿坝支队由17辆车组成的车队呼啸而过，他们无暇欣赏这一片片暖春美景。这个春天的大凉山的"红火"，不是因为春天的暖阳和山花的烂漫，而是因为一场场森林火灾的炙烤与煎熬。

这个车队从阿坝州马尔康市出发，沿国道318线一路行进，雪域高原的山川慢慢消失在成都平原的盆地深处，过了3处收费站，加了2次油后，才赶到这里。

上午9点，经过一整夜的开进，车队抵达了火场下方，浓烟首先进入了队员们的视野。这场大火于3月3日中午引发，在大风的助燃下，一发不可收拾。与总队前线指挥部派来接洽的车会合后，看见队员们一个个仰头盯着山顶的大火，作训参谋赶紧上前招呼大家："这边上不去，得从山背后上，还得开一段距离。"

大家继续向前开进，沿着山下的村道绕了一个大弯，停下后，队员们彻底看清了火场的全景——一个100余户的小村庄，背后是一片连绵的大山，山顶上冒着滚滚的浓烟。

"所有人员下车做好准备。"

"没晕车吧？都没事儿吧？感觉怎么样？"一下车，阿坝支队的卫生员程本荣就到几个中队挨个查看队员们的身体状况。在几场灭火增援的任务中，程本荣基本摸清了哪个中队的哪几名队员会晕车，哪些人会有高原反应。这次增援的路程比较远，还没出发他就从卫生室里面拿了很多抗高原反应的药品和一些防止晕车的药品和贴剂，给每个中队都配发了一些。中途在服务区停车休息的时候他又给平时会晕车的几名同志补发了一次。看着大家精神状态都挺好，程本荣也忙去收拾装具了。

不一会儿，阿坝支队到前线指挥部受领了任务，大中队主官带领队员清整装具，在对讲机里传来的"出发"口令里，灭火战斗宣布开"盘"。

干拖村依山而建，村中心的一块空地上，不少村民和几名小孩离开自家屋子聚集在这里，不时抬头看着山顶上的火，半晌也没说一句话。村主任带着森林消防队员们从村里穿过，大家定定地看着，头顶上一架直升机提着吊桶飞过，他们还是定定地看着，只有几个孩子沿着拐来拐去的村间道路，追着飞得越来越远的直升机，等飞机绕进山背后了又跑回来。

"快些、快些，不要在屋头（家里）了，出来盯着点。"又一阵黄烟冒起，一名老大爷看着老伴还在院子里，边走边喊，大家憔悴的面容上挂满了惊恐和疲惫。

刚刚过去的这一夜，可能是这些村民们经历的最煎熬的一夜，村子背后的山烧了一夜，大家眼看着那股红红的火线从山脊慢慢烧到了山底，离村子越来越近。天亮时村民们才把向下蔓延的火线全部打灭，那时火线的边缘离村子里最近的一间民房仅有20多米远。

同样紧盯着山顶火情的还有从对面幸福村赶来增援的袁清刚和守在火线边缘上的20多个村民。天亮时，就是他们这一组人消灭了快要进村的山火。

这时候，他们的任务就是继续守在这条火线的边缘上，防止山坡上的火星滚落下来再次引发火点，可以说他们就是村子最后的防线。

"这满山坡的油松遇火就着，松树上的松果被烧落后就顺着山坡往下滚，滚到哪里就烧到哪里，正是这些带火的松果加快了林火蔓延的速度。"袁清刚说。

袁清刚还随时盯着上山灭火的那些人，一开始上去了一队地方组织的群众扑火队，有的扛着锄头，有的提着铲子，还有空手上山的，他心里有些发怵，山上林子密，大家缺少装备和防护，"没得搞"。直到全副武装的森林消防队伍穿过村庄，直奔山顶，他心里才渐渐有了底。坐在水池边上的一名老乡数了数这支队伍的人数，告诉身边的人："大概有百十来个。"

队伍前面，副政委高德军和政治处主任李志军边走边给队员们鼓劲："早点上去把这火打灭，早点下山吃饭休息。"队员们从3月3日下午5时40分出发，到目前只在路上吃了一些干粮，这时候肚子早开始叫唤了。上山前支队给每名队员发放了面包和矿泉水，队员们边走边吃，有的恨不得把水和食物全部喝掉吃掉，背着十几公斤重的装备爬山本来就累，揣着这些东西感觉更沉。这些干粮、面包啥的也不知吃到哪里去了，吃来吃去一直没有饱的时候，有的队员因此一直忍受着饥饿引起的腹痛的煎熬。

面朝黄土背朝天，队员们在往高处爬，太阳也在往高处爬，气温越来越高，风力越来越大，火场扩张速度也快了起来。马尔康大队大队长高吉永第一次透过林子看到火时感觉火明显还很远，再次看到火时，大火已经近在咫尺，他心里一惊，队员们在快速向火靠近，火以更快的速度向队员们袭来。

高吉永没有太多时间考虑，看准火情后，他从一中队和二中队抽了6名骨干，利用背负式风力灭火机强攻推进扑打火头，安排一中队中队长刘攀带领清理一组跟进控制，二中队指导员李正带领清理二组全面清理实现"三无"。

11时30分，在风机的轰鸣中，战斗终于打响。

10米、100米、1000米……在6台风力灭火机的咆哮中，大家越打越远，所过之处，原本完整的火线被突击组切割成了很多小的火点，随之跟进的清理组又将这些火点烟点彻底消灭，这样的节奏一直持续了3个多小时，直到有两台风力灭火机的油料不多时才暂缓下来。

队员吃的喝的所剩无几，风力灭火机的油料也消耗迅速，打了一段时间火后，高吉永就意识到了这个问题。看着根本望不到头的火线和身边挥汗如雨的灭火队员，之前想早点扑灭林火下山吃饭休息的想法，早被他抛诸脑后。高吉永赶紧联系了在山下的大队驾驶员和炊事员，让他们带给养和油料上山支援，还派出副班长彭红建下山接应。指挥灭火作战的同时，吉永无时无刻不在想着保障的问题。

同样着急的还有驾驶员吴贵森，2 桶汽油、55 份快餐和 4 件矿泉水早已准备妥当，但灭火队员所在的位置始终确定不了。

"队长，你们在哪儿？"他边与高吉永开通视频边跑去问林业局的人视频里的位置是哪儿，但在密林里，两头都拿不准具体的位置。

十六

终于，下午 1 点 30 分，彭红建到山下后，7 名队员踏上了送物资的路。

一边着急地等待物资，一边激烈地扑打火线。下午 3 点 05 分，第 1 台风力灭火机断油停机，然后是第 2 台、第 3 台……到下午 4 点钟时，突击组的 6 台风力灭火机只剩 2 台有少许油料，队员们扑打的脚步彻底停了下来，只剩清理组还在利用组合工具沿线清理。高吉永不时拿着对讲机呼叫吴贵森和彭红建，频率从开始的每隔一段时间一次到现在的几分钟一次，他感觉自己心里有一股火在往外冒。

7 个人，背着 4 件矿泉水、55 份盒饭、2 桶汽油，平均每人负重 50 斤。吴贵森记不清自己走了多少山谷，翻过了多少山头，但就是看不见队伍的踪迹，那一刻他真实体会到了"望山跑死马"的老话，他不止一次怀疑是不是他们走错了路。

凉山的风，差不多一整天都有，就在大家休息的这段时间里，风越发狂暴了起来，呼呼作响，好像虎吼。队员们坐在一处没被火烧的山坡上，看着眼前的树一会儿往左摆，一会儿往右摇，看着快要摇断了似的。不远处，原本残缺模糊的火线又慢慢清晰起来，这风吹得高吉永越来越不安，他立即派出两名班长背着那还有一点点油料的灭火机去控制。

一旁的报道员卢耀强拿着相机跟了过去，但没过一会儿就捂着头跑了回来，他感觉嗓子里有东西，不光是被烟呛到那种，大风夹杂着火灰和火星子向他卷过来，没戴口罩眼罩的他吸了一口就被呛得话都说不出来了，嘴巴里全是渣子，他还感觉到空气里的温度上来了，热浪迎面袭来。

"队长，火上来了，让大家避一下……"突然，对讲机里传来了队员王勇焦急的喊声。

王勇在清理组的尾端，突击组的位置离他100米左右，陡坡上的火在大风的助推下蔓延得很快，高吉永根本没有时间考虑，立即下达了"所有人快进火烧迹地避险，面朝山趴下"的命令。

"进火烧迹地？趴下？"刚刚把明火打熄，地上火星子都还亮着，这怎么趴呀？不少队员迟疑了。

"快快快，动起来，不想要命了吗？"高吉永看出了大家的不情愿，急得大吼。

正当大家进入火烧迹地时，对讲机里，王勇传来了第二次喊声："队长，是树冠火。"

这一声喊如晴天霹雳，大家都慌了。背着风力灭火机的李运起和几名队员从树上折了几根枝丫，迅速把身边的余火打灭，后面的队员们直接用手捡起冒着火星子的树枝往远处扔，大家各自找了个地，扒开地皮上的火灰趴了下去。

"不要怕，用水把口罩弄湿，把口鼻捂好。"高吉永边组织边提醒，可大部分人早连喝的水都没有了。

事后尹念鹏回想起那一刻说："恨不得把自己埋进土里。"

邓桂林说："趴在地面上的时候，感觉空气明显比站着的时候好。"

就在大家趴下后的半分钟里，大火从大家刚才休息的地方席卷而过，离最近的一名队员只有10来米。张川川形容当时的声音就像是一排排大货车冲过来一样，轰、轰、轰，树枝烧得噼里啪啦响，趴在地上的几分钟里，他给14天前刚领了结婚证的妻子发了一条信息："老婆，你自己照顾好自己哈，今天估计要忙一天，你自己按时去吃饭哈。"

大火来得快，去得也快。避险后，高吉永看了看大家刚才休息的地方，那里已经被烧得寸草不生，十多米高的油松全成了"光棍"。他立即清点人员，第一遍报数人数不够，第二遍报数人数多了，他又让各班查人然后相加，最终结果是 46 人一个没少，那一刻他感觉鼻子酸酸的。

紧急避险过后，在山脚"心都等凉了"的支队长黄泽君终于通过对讲机呼通了高吉永。十多分钟前，他听到对讲机里传来"进火烧迹地避险"的声音，声音听起来很焦急，发音都已经变了。

黄泽君在对讲机里反复问："刚才是谁喊紧急避险？"没有回应。

"吉永、吉永，你那边啥情况了？"没有回应。

"谁能呼到马尔康大队？高副政委你那边能不能呼到？李主任你那边能不能呼到？"还是没有回应。

在当时的风力下，山上的火基本都形成了树冠火，黄泽君死死地盯着火头的地方。那边是山谷地带，大风碰到沟谷之后就会改变方向，火头就会跟着改变方向，这很容易把大家"兜"进去……他设想着种种可能。

"吉永、吉永……"

"收到请讲。"

不知是喊了多少遍后，对讲机里终于传来了高吉永的回答。当得知大家已经紧急避险成功后，黄泽君那颗不安的心总算平静了一点点，高吉永告诉他还有 7 名送物资的队员情况未知。

"吴贵森、吴贵森……高超、高超……"高吉永在对讲机里一遍一遍地喊着送物资的几个人，喊完一个又喊另一个，可对讲机里只能听到下方的松潘大队的声音，身边队员也轮番拨打他们的电话，却一个都没打通。

"你们能不能别占信道。"高吉永按着对讲机大声喊，声音里带着火气。

"松潘大队暂时先不要使用对讲机，把信道留给马尔康大队。"黄泽君也急了，在对讲机里把这句话重复了两遍。

看着着急的大队长，一中队班长胡胜全想了个法子，他数 1、2、3，然后所有人一起喊吴贵森，接着又喊彭红建……

终于，对讲机里传来了吴贵森的半截回复："在一个小山谷……"

现在最危险的就是山谷了，刚才大家躲过的火就是从山谷上来的。这时，班长娄宗成终于打通了吴贵森的电话，高吉永接过手机，让吴贵森和大家赶紧把东西放下，把油桶甩远一点，去找火烧迹地避险。

7个人放下了身上的物资，四下寻找火烧迹地，有的说往左走，有的说往右走，有的说往回走。大家隐约听到了前方传来呼喊自己名字的声音，看到林子上空黄色的烟把太阳都遮得发暗。他们不知道自己的确切位置和火烧迹地在哪边，只知道离队伍已经不远，离大火也不远。

"老婆，我在凉山打火，被火包围了，估计回不来了……"一旁，炊事员李瑞试了好几次终于与他妻子开通了视频，李瑞伸长胳膊举着手机边走边说话。

李瑞话音刚落就招来了其他几名队员的"洗刷"。

"赶紧挂了，还没到那个地步。" 吴贵森朝他大喊。

一旁的夏超苦笑着跟他说："你手别抖。"

躲也不是办法，都不知道往哪里躲。吴贵森掏出手机，向娄宗成发起了位置共享，看着手机上的小点和小箭头，吴贵森赶紧告诉大家："不远了不远了，把东西背上，冲吧！"

大家重新背上了物资，继续出发。坡太陡，他们手脚并用地往前爬。吴贵森背着油桶走在最前面，他感觉有东西在往他的脸上脖子上滴，一检查，原来是油桶的盖子密封不好，之前立着没怎么漏，现在在山坡上倾斜着汽油就漏了出来。头上、脸上、半边身子上都沾了汽油，这要是遇到一点点火星子就完了，看着眼前浓烟滚滚的林子，他越走心越慌，越慌却越加快了速度。

终于，吴贵森看到不远处的山脊上有两个人。那一刻，吴贵森感觉虽然背上的油还在漏，但心稳下来了，30米、20米、10米，走近后看清是等候多时的高吉永和鲁学高，他感觉就像见到了分别多年的亲人一样。

从前一天的午饭过后，队员们终于吃上了第一口有菜有肉有米的饭，班长邓桂林把它形容为"劫后重生第一餐"。相比于饭菜，当时更受队员们欢迎的是水，几乎每个人拿起一瓶水后都一饮而尽。看着眼前的空瓶子，张川川情不自禁地说："以后上火场啥也不带了，就带水。"可能只有在一望无际的沙漠里，还有在这样的火场上，才会有如此体会吧！

十七

吃饭加油这几分钟里，大家从对讲机里了解了火场的整体情况：山顶有多处火点，山腰有一条下山火形成的火线，长约一公里，松潘大队在火线左侧50米架设水泵拦截，攀枝花支队和成都大队在200米外开设隔离带，防止大火过境。

吃好饭，加好油，队员们士气大振。高吉永收到了前线指挥部的作战指令："马尔康大队继续扑打山顶火点。"报仇的时候到了。

高吉永继续采用一开始的战术进行扑打，看着快要下山的太阳，大家加紧了速度，突击小组6名队员递进超越扑打火线，其余人员多点展开清理，一个小时后，对山顶火点实现了全歼。晚上8点40分，队员们安全撤到了山下。

能活着回来，高吉永如释重负。队伍里还有一个人，一中队中队长刘攀，他的心情可能比高吉永的还复杂，他都不知道自己是"怎么回来"的。

在山顶打火的过程中，刘攀的两个脚后跟磨破了皮，创口越来越大，下山的时候，他感觉整个鞋子和袜子的后跟都是"稀"的，60多度的陡坡，每走一步都如刀割。

对讲机里，支队后勤助理任飞在统计人数，说县政府安排伙食和住宿，刘攀总算看到了希望，心里面想着快点过去把两只脚处理一下，他实在是受够了。

火场上的情况瞬息万变，计划赶不上变化。晚上9点过后，火线在风力的作用下加快了下山的速度，左侧火头离山脚下的村庄越来越近，山顶的火场也出现了复燃，前线指挥部决定连夜灭火。阿坝支队受领了扑灭山腰火线的任务，黄泽君给马尔康和松潘2个大队做了分工，从火线中间分成两段，马尔康大队负责左侧，松潘大队负责右侧，天亮前必须完成战斗。

没过多久，在县城做好原本等大家过去吃的饭菜被拉到了前线，大家迅速吃完后开始准备装具。

情况变得太快，坐在客车座位上的刘攀简直欲哭无泪，他本来想给领导说一下自己的情况，可一中队就他一个干部，自己不去的话谁去，想到这里他收回念头，闷头把饭吃完后集合队伍向山上走去。

队员们一个跟着一个往前走着，穿过了一片绿油油的麦田，队员们头上的电筒就像是一只只萤火虫，与天上的星星相映生辉。

"真美啊。"卢耀强架起相机，想把这一画面定格下来。可拍下的画面里，山上那条长长的火线就像人脸上一道深深的伤口，"看着就心疼"。在他的老家甘肃，很难找到这样的山林，这一把火，这么美好的山林就烧没了。

20米、10米、5米，队员们一点点靠近。"嗡、嗡、嗡"，灭火机一台台启动，扑打顿时展开。燃烧了一个下午的火线上，第一个缺口被打开，大家一路朝左扑打，一路朝右扑打，不一会儿就将火线隔成了很明显的两段。麦田边上的厂房里，看了一天火的百姓们直呼："这效果挺明显。"

火线长不怕，怕的是风大。如今风小了，火场温度也低了，队员们就像杀红了眼的斗士，不断向眼前的"敌人"发起进攻。3个小时后，火场上只剩下了最后一个火点。凌晨4点50分，火场全线告捷。

再次回到车里，刘攀整个人瘫坐下来，他慢慢脱下鞋子，眼前的两只脚他自己看着都恶心，大半截黑的红的粘着灰尘泥土的袜子，湿了又干，干了又湿，与脚后跟翘起的皮已经彻底粘在了一起，他咬着牙一点一点往下撕，弄了十多分钟才把袜子脱下来，袜子脱下来的同时，脚后跟上的那层皮也被撕下来了，跟袜子合为了一体。队员王杰跑到路边的小卖部给刘攀买了两双袜子和一盒创可贴，处理完伤口后，刘攀静静坐在座位上，双脚上的疼痛让他头皮发麻，他清晰地感觉到脚跟上的动脉在突突地跳。

刘攀怎么也想不到自己全身上下皮最厚的脚跟会磨成这样，他原本觉得这是由于他 1 米 85 的身高，加上 170 斤的体重，负重太大的缘故，但也有身板小的队员出现了类似情况。这次灭火行动中，全支队有 2 人受了轻伤，11 人脚底不同程度掉皮或者起泡，但没有一个人提前撤离火场。

第二天早上 7 点，队员们被地方送早餐的车子"喊"醒了，大家从车子座位的"床"上爬起来，第一件事就是看火场情况——无火、无烟、无汽，微微的风吹拂着近处的麦苗，远处烧成黑色的山静静矗立。

火灭林静。回撤。

这可能是所有人最期盼的景象了。领取了早餐后，队员们都来不及吃，直接提上了车，把机具装好后，踏上了归程。

赶往阿坝的回程路上，队员们终于有充足的时间可以玩玩手机。打开微信一看，朋友圈里异常"闹热"：有的发文称"盘好"收工，有的发视频说凯旋归建，马尔康大队的几名队员发的朋友圈，那里面的照片、视频和评论让人动容。一句句简单的话语，透露着大家心底最真实感受，饱含着队员们舍生忘死的付出。

福大命大！逃过一劫！——藤开富

差点没下得来！——王勇

三兄弟差点就凉在大凉山了！——李运起

活着真好。真心的！——吴贵森

……

熟悉的攀西高速，熟悉的运兵客车，熟悉的扑火队员，刘俊轻车熟路地载着他们，但心里却越来越沉重。就在回程前的这个晚上，家里突如其来的一个情况让他措手不及："你爸病危，快回家见最后一面。"

刘俊的父亲是 3 月 4 日突然发病被送进医院的，全家人都没想到情况来得这么突然、这么紧急、这么难以接受，医生给出结果后，大家马上联系家里的独生子刘俊，可大凉山的深谷阻断了刘俊的手机信号，当他和队友们出了山谷收到信号后，手机里的未接电话已经排了很长一串，刘俊急忙拨打回去。"怎么可能？"他不敢相信自己听到的话，他怎么也想不到刚过 50 岁的父亲会突发脑溢血被送进医院，还被告知已到了生命的尾声。

在刘俊的印象里，父亲这些年身体还是可以的，平时连感冒都很少，生活中除了喝点酒也没什么别的不好的习惯。平日里，刘俊会经常打电话回家跟父亲聊聊天，让他多注意身体少喝点酒，没想到这次打回去的电话里，已经听不到父亲的声音。

队员们得知这个消息时都沉默了，仿佛大火在那一瞬间已全部熄灭，谁也不说话，谁也不知道说什么好。盐边大队四中队指导员王志铭赶忙上报了情况，希望上级可以尽快批准刘俊回家看望父亲。

"指导员再等等吧，这火今晚一准打完，现在火场形势这么严峻，请示领导回家那不是乱上加乱吗？明天队伍撤回后我就马上回家。"刘俊急忙阻止。

听到刘俊这句话，队员们的心里就一个愿望，快速扑灭山火。

3月4日晚的凉山火场异常寒冷，映入眼帘的全是大火肆虐过的痕迹，燃烧着的站杆、倒木七横八错地遍布火烧迹地，跟充满硝烟的战场一样。斯蒂尔风力灭火机在红了半边天的夜整整嘶吼了一个晚上，所幸在全体灭火队员的共同努力下，喜德县森林火灾于3月5日早上成功被扑灭。此时的刘俊早已心急如焚，在得知要归建后，他急忙帮大家整理装备上车，清理驻扎点卫生，为的就是能节省一点时间抓紧回撤。

跑了几个小时后，攀枝花支队的车队慢慢驶进服务区进行短暂休整，刘俊停稳车子后连忙拨通了家人的微信视频，虽然现在已经在回程的路上，但等到单位后再往老家宜宾赶也得半天时间，他真怕见不上父亲最后一面。

"爸。"喊了父亲这一声后，刘俊定定地看着躺在病床上已经说不出话来的父亲，心里有千言万语此时却一句也说不出来了，仿佛自己也病入膏肓。看着病床上熟悉的家人，奶奶、母亲、二伯、堂姐……病床边围得满满的，大家都到了，就差他了。

"刘俊，你票买好了没有，我帮你订机票。"车厢里，炊事班长韩忠胜边问边打开手机，帮他订上了攀枝花到成都的机票。

"刘俊，别着急，用不了多久就到了，到了就赶紧回，假都已经报批了。"

一开始大家都不敢提，到这时候了人人都为刘俊着急，你一言我一语地安慰着。

这一刻时间要是能停下来多好啊，刘俊祈祷着父亲能坚持下去，可父亲生命最后的这点时间反而跑得更快了，挂了视频两个小时后，刘俊的电话再次响起，里面传来了父亲去世的消息。

忍着悲伤，刘俊继续行驶，一个多小时后，他终于把队员们安全送到了营区，简单收拾东西，他向着家飞奔而去。飞到成都，再乘车赶到宜宾老家时已经是晚上11点，这段以往感觉不长的路，这趟他好像艰难地跑了上百年。

想起最后一次与父亲见面还是5个月前，刘俊无论如何都没想到，从此他就要与父亲做长久的告别了，那一面会是和父亲永久的告别，否则，他会和父亲好好合个影，会向他敬一个郑重的军礼。

下午5点，群里面传来了盐边大队教导员郑震宇发的一条消息：攀枝花森林消防支队盐边大队资深驾驶员刘俊！身边可敬可爱的战友！4日夜正在火场的他接到父亲病重的消息，今早打完火，在护送大队消防员返回途中就接到父亲去世的消息……

大家静静地看着群里面的消息。有的埋头苦思，有的静静地看着窗外，有的坐在座位上怔怔地发呆，心仿佛一下回到了自己的家乡，回到了自己的父母、妻儿身边。是啊，有多久没见到父母了呢？有多久没有给他们打电话了？父母现在吃饭了没有？身体情况如何？

凉山支队西昌大队消防员幸更繁也静静地想着，母亲患有严重的胃病和胆结石，今年他原计划尽快休假陪母亲去医院检查，但看到队伍任务繁重，他将休假计划从1月份推到春节，又推到现在，也不知道啥时候能回去，也不知道母亲现在病情如何，他突然觉得，自己对父母目前状况的了解，还没有对身边的这些队员的了解多。

西昌大队四中队二班消防员古剑辉家里有一个哥哥和一个弟弟，家庭条件比较艰苦，加上父亲患有眼疾，母亲身患癌症，父母强烈要求他退伍回家，组织也优先考虑允许他离队，但他说服了父母："我喜欢这份职业，家里的事再大也是小事，部队的事再小也是大事，家庭的困难会慢慢克服的。"在转制改革的当头，他毅然决然地选择了留队继续工作。想着父母在自己眼里的样子还是两年前的样子，他们的身影在自己的脑海里也有些模糊了，古剑辉心想这些天任务多确实很久没和父母打过电话了。

2019 年春节，赵耀东的父亲赵有平因思念独子到西昌看望他，父子相见本是其乐融融的画面，可就在大年三十晚上，中队接到火警要求 5 分钟内出动，赵耀东跟父亲说："扑救火灾是我们的责任，为了其他人能过上安稳祥和的好年，我们就得去把火扑灭。"说完便跑向班里随队出动，除了那句话，他甚至在父亲难得来队过年的时候，都不知道跟父亲说些什么，帮他做点什么。

大家突然意识到，亏欠父母和家人真是太多太多。

程雪力看到刘俊父亲去世的消息，回想起自己母亲去世的情景，心里面更是一阵一阵的痛。

那是 2018 年的 8 月，程雪力借调到总队宣传科帮忙，扎堆的活让他顾不上操心家里的情况。有一天午夜时分，加着班的程雪力接到老家表哥打来的电话，告诉他他的母亲身体不适，已经送到县人民医院住下了。当时表哥打来电话只是让他知道有这回事，也没说让他赶回去照顾。

从那天起，程雪力不时打电话回去询问母亲的病情和治疗情况，可得到的消息让人揪心，母亲时而高烧不退，时而低热不断，体温高上去又降下来，降下来又高上去，反反复复，县医院检查来检查去，也没有给出一个确切的病因。

必须转院。程雪力急忙找朋友联系昆明最好的医院，左想招右使劲，终于让母亲住进了昆华医院治疗。在那里，医生给出的诊断结果让人崩溃，母亲直接住进了重症加强护理病房（ICU），焦急的程雪力急忙订了当天的机票赶过去，母亲在 ICU 里治疗了一个多星期，医生下达了病危通知书，没过多久，无情的病魔夺走了他母亲宝贵的生命。

母亲这一生就他一个孩子，老人家还没来得及看他成家立业，还没来得及抱抱孙子，就这样离去了，程雪力伤心欲绝，他决定暂时放下结婚的念头，为母亲守孝三年。

自古忠孝不能两全，以前觉得这个道理很大很远，现在这样的故事却实实在在一个一个地发生在身边！在森林消防指战员的世界里，"忠"并不是没有温度的绝对服从，而是牺牲与奉献燃烧出来的真实温度，看不见，却足以温暖着大家，温暖着社会。凉山的火灭了，队友安全归建了，可刘俊却未能给父亲送终！身体发肤，受之父母，为了扑灭山火，却欠下了一个与父亲的告别。为了国家的财产，人民的利益而参军奋斗，是刘俊父亲对儿子的最大希望。刘俊做到了，这是伟大的"孝"。

程雪力、赵耀东、古剑辉、幸更繁……这些可亲可敬可爱的队友们，他们身后都有家和国，在平凡的岗位上，他们用战斗守卫着家国的安全。

十八

　　3月5号天一亮，凉山支队就撤离归建了。为保证张浩在途中少些颠簸并能快速下山入院，他被安排在指挥车里直接往医院开去。到医院做了检查和治疗后，下午时分，张浩回到了久违的家里。

　　"老婆，我回家咯。"3月5号傍晚，张浩若无其事地拨通了妻子张越的视频电话。

　　"你怎么会在家呢？你是不是有什么事儿？"在妻子张越的印象里，目前正值防火期，即使张浩打完火下山了，也是在队里战备，又没有放假，他是不可能在家里面的。

　　"你怎么那么聪明呢！我受伤了。"

　　"你怎么会受伤呢！"张越当时就被吓着了，焦急地问他。

　　"在山上被石头砸了，今天去医院做了检查，没住院，医生让明天再去拿结果。"张浩本想隐瞒，可在熟知他一切的爱人面前，他啥也隐瞒不了。

　　在张浩从医院回到家里，攀枝花支队、阿坝支队、甘孜支队撤离凉山归建的这个下午，凉山支队又上火场去了。3月5日13时10分，凉山州冕宁县城厢镇石长屯村发生森林火灾，接到火情通报后，仲吉会带先遣组迅速赶赴火场进行勘察，颜金国带领机关前线指挥部和直属大队、西昌大队指战员紧急向火场机动。

　　先遣组抵达火场后，立即采取乘车巡查和无人机空中侦察相结合的方式对火场进行勘察，火场东侧有两条火线共计 500 米，风向为西北风，风力 3~4 级。经充分研究，前线指挥部果断决策，从火场西南线打开突破口进行扑打。16 时，他们扑灭了火场的全部明火，队伍对火烧迹地内烟点进行了全面清理，实现"三无"后组织移交并撤离火场。

凉山支队的战斗缓缓结束，天也慢慢黑了下来，同一片天空之下，阿坝高原渐渐飘起了雪，在车灯的照射中越下越大。从火情凶险的凉山到大雪纷飞的阿坝，队员们感慨万千，打一场火，走过了四季。后方座位上，不知谁说了句："这雪要是能分点给凉山多好，火就烧不起来了。"

3 月 6 日，张越早早地请假往西昌赶去，她工作所在地德昌县离西昌市有 60 公里，赶到西昌的时候刚好陪张浩去医院拿结果。结果出来了，张浩的胯骨旁横突上有两处裂痕，医生开了很多药后一再嘱咐："一定要好好休息一段时间。"

回到家后，张越看着受伤的丈夫心疼不已，心里有很多疑问想问张浩，可几次话到了嘴边又没问出来。

张浩仿佛看出了妻子心中的疑惑，主动跟妻子讲起了火场上的小故事。

"这次打火还挺吓人，打着打着风就乱刮了起来，下面的草烧起来了，上面的火也在烧，我们就夹在中间的小道上，得往两边跑，跑第一趟的时候没找着路，就往回跑，总共跑了三趟。哈哈，我就站在悬崖边儿上，指挥他们往外跑，等他们都通过，我跑出来的时候，身上被烤得刺痛刺痛的，好惊险啊。"

"为什么你要站在路边不跑啊！多危险啊！"张越听张浩这么一说，心里难过，眼泪都要急出来了。

"我是中队长，在他们当中我是最大的，我肯定让他们先通过我再跑啊，万一有哪个跟不上啥的我还可以拉他一把。"张浩理直气壮地回答。

在张越的印象里，她不止一次听张浩说起火场上的惊险经历，甚至有几次在微信视频的时候他也会跟她讲述刚刚发生的险情，张越听着挺揪心的。

张越想说："那么危险的事儿你还要垫后，万一跑不快怎么办，那么小那么窄的路……"虽然生气但是看着丈夫执着的样子，这些话她却不敢说。

看着妻子真生气了，张浩又讲起了火场上一幕幕暖心的瞬间。

"那天晚上我们借住在泸沽中学，学校里面的孩子对我们都很热情，我们第二天要离开学校的时候，背囊里塞满了学生给我们写的小纸条，都是一些'谢谢叔叔，你们辛苦了'之类的话，还有棒棒糖，你不知道，能被他们所需要所认可，是我们最骄傲最自豪的事儿。"

张越定定地看着丈夫，她感觉丈夫跟她说这句话，说被大家所需要所认可是他们最骄傲最自豪的事儿的时候，丈夫眼睛里是有光的。

张越和张浩是在初中相识的，一次班会上，老师问每个学生他们的愿望是什么，张浩说："我想当兵，想当特种兵，铁血男儿嘛，就是要保家卫国，无所畏惧。"高考时，张浩不顾家人反对，毅然报考了武警院校，并最终被原武警警种指挥学院（现为中国消防救援学院）录取，实现了他的从军梦。2013年毕业，他分到凉山森林支队，当时他完全可以留在西昌，一边工作一边照顾多病的父母，可他却主动申请去了属于高原的木里大队。他说，自己在西昌出生、长大、学习、生活的时间太长，当兵就要到远一点的地方、条件艰苦的地方去磨炼自己。那时候的他让张越感觉特别有魅力，也就是那个时候他们相爱了，他们之间没有更多的花前月下，谈论的都是他去哪里防火执勤了、到哪里打火了、扑打了多长多长的火线，慢慢地张越也了解森林消防这个职业的特殊性和重要性，她一直为老公是"森林守护神"而骄傲。

张浩太热爱这个职业了。张越记得2018年9月份面临转制改革的时候，她曾经和丈夫谈过要不要回地方的话题。张越说他回地方的话爸爸有人照顾，他们俩也不会两地分居只能周末在一起。张浩说他就只做这个，他感觉他自己的价值都在这个上，不管转不转制这个事儿总得有人来干，他也爱做这个事儿，所以只能做这个事儿，他就觉得自己天生就是干这个的，他认为他的人生价值就是保卫这些火线下的居民老百姓，保卫国家财产，虽然辛苦，但那些小朋友、那些老百姓送他们归建的时候，他是最开心的，他觉得是最有意义的。

"在家里休息一段时间，不要再上火场了。"那天晚上，得知张浩受伤情况的家人也打来电话劝他。

"就是啊！你就休息几天吧，我在家陪你。"张越也帮腔说。

"怎么休息得了，现在是防火期嘛，火情那么多，你说我这个脾气怎么可能不上火场呢？底下几十个小兄弟，我不把他们一个个带出去，再平平安安地带回来，我连觉都睡不着。"

张浩这么一说，张越感觉自己真没有什么理由可以阻止他了。

伤病、苦累只能影响个人的心情，却改变不了天气，凉山的天气还是一如既往的干燥晴朗。这天气，让期待着春耕农作的百姓焦心，山坡上的土地里没有一点点水分，山下田间的麦苗也被晒得奄奄一息。更发愁和着急上火的是政府、森林公安、林业部门和战斗在消防灭火一线的森林消防员，3月以来，光头一个星期就连续打了多场硬仗，期间还处理了上百次火险火情和违规野外用火，仅3月6日当日，凉山全州已治安拘留违规野外用火人员100余名，虽然几次灭火作战都很高效，第一时间消灭了林火，防火执法达到了警示震慑作用，形成了禁火期野外火源管控的高压态势，但长期这样下去谁能受得了。气象部门预测，到5月前，凉山大部分地区仍将持续气温偏高、降水偏少的天气，后期还会出现重春旱和"干热风"的危害，森林防火形势严峻。

3月6日晚，凉山州森林草原防火第二次紧急调度电视电话会议召开。会上，不仅有近期发生火灾的相关乡镇党政一把手做检讨，也对全州17个县的当日防火应对情况逐一进行调度，14个州级暗访队也挨个"过堂"，报告当日暗访情况。

主持会议的凉山州领导对各县、各暗访队逐一点评，除了对个别做得较好的地区进行肯定表扬外，更多的还是对存在问题的地区进行严肃批评和提出整改要求。

不留情面的批评背后有严峻的现实：2019年入春以来，凉山州大部分地方出现了持续高温晴热和大风天气，州内各地降水量普遍较往年同期异常偏少7~9成，这种天气已经是"50年不遇"，再加上秋旱连冬干接春旱的异常干旱状况，导致森林火险等级居高不下，加上不少人违规野外用火，使全州森林火灾呈集中高发态势。

为此，凉山州采取超常规措施，严格执行高森林火险时段野外用火审批报告、入山登记等制度，狠抓森林草原防火戒严令和野外用火戒严令的落实，抓实抓牢村民轮流挂牌值班制度和村民巡山护林员制度……

森林火灾多发频发，除了受极端天气影响外，更多的还是因为违规野外用火的屡禁不止。一场场火灾的发生，让人心痛，为此凉山州重拳出击，继续保持依法打击违规野外用火的高压态势，依法惩处违规用火者。同时，各级政府继续加大宣传力度，不漏一户一人，特别强化面对面宣传，利用反面典型，形成震慑效应，达到让众人皆知的目的。此外，他们还落实村民轮流挂牌值班制度和村民巡山护林员制度，坚决不走过场，不流于形式。

十九

第二天，张浩又回到了西昌大队。

刚从火场回来的时候，整个大队所有人员都是比较忙碌的。驾驶员会对所有的车辆进行检修，把油料加足，把尘土洗尽，然后整整齐齐地停放在院子里做好随时出动的准备。各班长会带着队员们对所有的灭火装具逐一进行保养维护，把使用过的水袋一根根拉直，把水控干进行晾晒，等水带晒干，机具擦拭干净之后装进装备车的货舱里。如果天气比较好而且时间充足的话，大家还会把自己的鸭绒被、睡袋、睡垫、大衣都拿出来清洗干净，晾晒一番，以备下次灭火作战的时候再使用。张浩因为受了伤，只能静静地看着大家忙活，但即使是就这样看着，他都感觉心里面是踏实的。

等这些都忙完，大家有了一些学习和娱乐的时间。两会①刚刚结束，队里掀起了一波学习两会的热潮，大家在一起谈起了初心，话起了使命。

今年从春节到现在，凉山林火不断，火情迭起。凉山支队已经连续打了十多场火，有时候几个地方同时着火，让他们应接不暇。在总队的全盘指挥下，攀枝花支队、阿坝支队、甘孜支队、成都特种救援大队紧急驰援。路程远的单位，可以说是赶一天的路，打一天的火，增援不易。但这是值得的，国家和人民生命财产安全永远是第一位的，其余的都不算什么。全总队指战员齐

---

① 中华人民共和国全国人民代表大会和中国人民政治协商会议的统称。

心协力迸发出的力量是巨大的，三角垭、大坪村、黄水乡的几场火，在全总队指战员的团团围攻下，仅一天时间就实现了全线告捷。

火场上，全总队的消防员都站在一起，有时候谁也不认识谁，可谁都能认出大家是四川森林消防总队的战友，都是自家人。火场上各个支队划分了不同的火场，当扑灭"扣头"后碰到其他支队的人时，那感觉就像看到亲人一样，每次大家在森林某处的偶然碰面，都像是胜利的会师。

如果说初心是一个坐标的原点，那么使命则是担当投射的半径。这个半径有多大？当一个人把个体的命运与一支队伍的初心和使命联系起来时，天地为之广阔，生命充盈荣光。这是四川森林消防总队在一次次灭火作战中求证出的道理。

连续几天没有接到火情，西昌大队忙着战备学习训练之余，大家也有了娱乐的时间。

晚饭后不久，篮球场上就聚集了一小波篮球爱好者。刘代旭、蒋飞飞、赵万昆、高继凯、杨杰……不一会儿大家就凑齐了"小半场"。比赛开始，进攻、防守、三分、暴扣，球场上响起了一波波呐喊声和爽朗的笑声。

"哐！"穿着13号球衣，模仿着最喜欢的球星詹姆斯的动作，身高1米91，有两颗小虎牙的排长刘代旭起身弹跳，单臂扣篮，球轻松入筐。

"哎！防不住，防不住……"防守刘代旭的队员叫苦不迭。

刘代旭1米91的个子是中队的最高"海拔"。每天体能训练完大家都会约着他打上那么一场篮球赛。因为个头高，只要他在篮下时大家就没法抢篮板，所以他有意无意地往场边跑，给同志们机会。不仅如此，他的三分球也十投八准，哪个队有他，那个队就肯定能够获胜。

刘代旭出生于军人家庭，他的父亲曾是森林消防队伍中的一员。这样的家庭传承，让报效国家、献身消防的信念从小就在他的内心扎下根来。高中毕业后，他没有选择进入地方高校，而是携笔从戎进入武警成都指挥学院学习，毕业后毅然选择了从事森林消防工作，在基层中队当了一名普通带兵人。他是一个阳光、活泼、帅气、开朗的小伙子，认识他的人都知道，不管遇到什么烦心事和困难，他总能以微笑面对。加之他年龄不大，平时，中队战友心里有什么不开心的事，都愿意和这个小刘排长聊，慢慢地，他和战友们的关系就近了，不光在其所在中队，甚至在整个大队，他的人缘都很好。

除了"小半场"，台球室也是队员们比较喜欢去的地方。张浩不能剧烈运动，中队几名队员还有指导员胡显禄和他开了几桌，台球桌旁，一个话筒音响放着大家喜欢的音乐，这个话筒音响是胡显禄特意买来的，既可以当话筒、做音响，还可以收音，没事的时候他就给队友们放点音乐，大家无聊的时候，还可以现场给大家唱两首。这次台球赛，他们约好，谁输了谁就唱歌，台球室里不时传来大家哈哈大笑的声音，还有一曲曲不太专业的歌声。

胡显禄和张浩是一对好搭档，平时工作在一起，住也在一起，晚上就寝前，张浩总喜欢拿着胡显禄的小话筒唱上几曲，时不时还会拍成视频发给妻子张越。每每张浩唱得很尽兴的时候胡显禄就看着他唱，当一个忠实的粉丝，因为张浩唱得太好，以至于胡显禄每次都不好意思唱了，所以这个话筒虽然是胡显禄的，多半也是放在张浩那儿。

"你一定要大胆地放声地唱，纵情唱出来就可以了。"张浩不时也会指导胡显禄，一间不大的办公室兼宿舍里，两个大男人不时会合唱一曲。

快乐的时光感觉过起来总是比较快的，一转眼，周末到了，张越买了大包小包的东西来到西昌大队。因为张浩经常回不了家，张越就成了西昌大队的常客。她已经记不清来过大队多少次，周末只要不加班，没什么特殊情况，队里不太忙，她都会过去找张浩，而手里提的东西大部分是给队员们带的，平时张浩总是交给妻子各种各样的任务："老婆，今天有几个战士去比武了，回来会很晚，你给他们买点吃的过来吧。""老婆，中队有个战士脚受伤了，你买点牛奶和肉食，让他补补。""老婆，这两天有什么新鲜水果？带点来给大家伙尝尝鲜。"队里的队员们平时外出不太方便，张越觉得队员们挺不容易的，有些队员年纪那么小，同龄人都还在读书，他们却在这里干着非常辛苦的工作。

张越还记得第一次去他们队里的时候自己还是一个挺害羞的小姑娘，张浩当时在木里大队当排长，那是她第一次去看张浩，那天下午战士们本来正在操场上训练，看到她走过去突然就集合了，整整齐齐地列队给她敬了一个军礼，然后喊"嫂子好"，当时那个震撼又感动的场面张越一辈子都忘不了。

因为刚到部队，不习惯部队里的作息，第二天早上一名小战士知道张越还没吃早饭，就悄悄去给她煮了碗面，碗里面还放了三个荷包蛋，端到她面前说："嫂子那么远过来不容易，要多吃点。"

张越当时又感激又害羞："我从来没有在早餐的时候吃过那么多鸡蛋，我吃不下这么多啊。"

张浩开玩笑说："吃不下也得吃啊，这是大家的心意，这是我们都没有的待遇，普通人也没有，只有嫂子来才会有的待遇。"

从第一次到队里，直到现在无数次地来大队，张越印象最深的就是，这儿有很可爱的一群人，他们很有责任心，都比较单纯，是考虑自己比较少但考虑别人却很多的一群人，是快快乐乐的一群人。

这个周末，队里比较安静祥和，队员们没事打打球、唱唱歌，虽然只是"鬼哭狼嚎"的那种，但热热闹闹的，张越跟大家在一起，也觉得很开心。

不过也不是所有的周末都能这么惬意的，张越还记得有一次来大队，中午午休的时候警铃突然响了，然后她旁边的张浩一转眼就不见了。

作为一个普通人，张越听到那个铃声，就是要起床的话也不会那么快，等她起床出去一看，整个单位都跑空了，吓了她一跳。过了一会儿，她打电话问张浩是怎么回事儿，问他们是不是出去了。张浩说紧急集合，他们有任务都走了，让张越自己收东西回家。

每每来到大队，看到这一群队员，虽然他们现在已经转制成为应急救援人员，但军人身上的阳光、正直、担当、责任感这些东西，特别是军人自带的那种气质，那种军魂——是没有从军的人体会不了的一种精神，让她特别信任。

二十

　　从 3 月 3 日连续两场大火过后，凉山州终于消停了一段时间，队员们也在难得的休息中调整了过来，大家心里合计："今年的火也应该结束了。"

　　在队友们放松调整的这段时间里，代晋恺却在为一件大事忙活着，总队指战员扑救"2·27"凉山州冕宁县泸沽镇大坪村森林火灾专题片《红海先锋》正进入关键的后期剪辑制作阶段，熟知情况、懂得制作的他被借调前往北京央视《平安 365》栏目参与后期制作。

　　整整一周时间，他配合央视完成了这项任务。

　　"你回家休息两天吧！" 从北京飞回成都的时候，代晋恺的妈妈给他打了个电话，代晋恺的家就在成都市双流区，近在咫尺。

　　"不行啊！现在是防火期，支队宣传上人手不够忙不过来，我必须得回去。"代晋恺说。

　　"那你要注意安全，不要老往那个火里冲啊！"代妈妈知道拦不住这个"很拼"的儿子，每次在电话里都会提醒他注意身体，注意安全。

　　3 月 4 日在冕宁县先锋乡的灭火作战中，代晋恺发了一条自己在浓烟滚滚的火场一线的视频，并配文"第一次体会到烟把自己包围的感觉"。代妈妈看到这条朋友圈，当时就为他们捏了一把汗，通过视频可以看得出当时凶猛的火龙在风的作用下愈演愈烈、肆意妄为，她越看越担心代晋恺。

　　"我不跟进去，不去拍的话，我根本就没有灵感，要是不进火场的话，我就不知道情况，就写不出东西，所以我必须要去现场。"代晋恺认真地跟母亲解释着，最后安慰母亲："放心，我会注意安全的。"

代晋恺作为凉山支队的战地记者，经常上火场采访宣传，他经常对大家说："我要把你们最帅的照片留下，以后有个念想。"他穿梭于高山林海之间，行走于陡崖峭壁之上，用双手记录着每一个感人瞬间。他整个人就像他自己说的那样："战斗时像吃了炫迈一样，停不下来。"

代晋恺的父亲和 3 个伯父都曾是军人，母亲和家人创业积累了丰厚的家产，多次催促作为独生子的代晋恺回家帮忙打理，他也犹豫徘徊过，但最终还是选择继续留队，他说："一个人被需要就很有价值，我要用镜头和笔继续记录战友们的点点滴滴。"

代妈妈还清楚地记得代晋恺是怎样走上宣传这条道路的，新兵连的时候她去成都的教导队看代晋恺，代晋恺带着她去大厅里看了一个荣誉墙，那荣誉墙上有很多一线报道员拍下的火场照片，队员们面对熊熊大火鏖战的镜头，战友们在大山里浩浩荡荡向火逆行的画面，瞬间打动了代晋恺，他想去了解这样的故事，很想把它们记录下来。后来代晋恺去了凉山支队，遇到了他的师父程雪力，他终于走上了新闻宣传的道路。

代妈妈其实也是通过儿子的一篇篇报道了解森林消防队伍和应急救援的。2015 年代晋恺去森林武警部队当兵的时候，她和丈夫才第一次听说森林武警，她还问了当地的武装部的人员，这个是什么部队？这个森林武警是干什么的？当时武装部的人就轻描淡写地对她说："嗯，好像就是保护森林的吧！"

代晋恺每次写完一篇稿子发出来后会第一时间发给母亲看，代妈妈也很认真地看完儿子写出来的文章和发出来的新闻，渐渐的，她才了解了居然还有这么一个部队，还有这么一群人。看到妈妈给自己的点赞和评论过后，代晋恺也会给母亲回复："妈，我们不写的话外面的人根本就不知道我们究竟有多危险，也不会知道打火这么不容易。"

在代妈妈的印象里，代晋恺工作是很拼的，经常加班熬夜，而且也比较舍得投入，代晋恺每个月工资也就五千多块钱，他却很狠心地买了电脑、相机等器材，这几年来累计花了将近 3 万块钱，还买了一堆一堆的书，学习怎么拍视频、怎么拍照片，回家后也会买书自学。看着儿子成长那么快，家人也没有反对，还为他感到骄傲，鼓励他："年轻人就是要多学点东西。"

挂了电话，代晋恺从成都直接买机票飞回了西昌，匆忙地赶回去，都没有坐火车。

3 月 17 日晚，《红海先锋》在央视《平安 365》栏目如期播出，四川总队全体指战员准时进行了收看。专题片里，俯冲而下的山火几乎就要烧到村民的屋顶，手足无措的村民们只有聚在一起看着眼前的一切，沉默地等待着一场灭顶之灾的降临。但闻火即动的指战员逆行而至，与无情的大火展开了一场殊死搏斗，一个个无所畏惧的身影、一帧帧全力以赴的画面，尤其在火浪滔天时，那一句"兄弟们，上去！盘它！"让电视前的指战员无不为之动容，大家的思绪又一次被带回惊险无比的火场一线。

在各类突发灾难面前，闻灾即动是职责所在，但火灾多发频发的背后，也深刻反映出人们防火意识的淡薄，作为应急救援的国家队、专业队，四川总队积极发挥自身优长，在练好专业技能的同时，进一步加大防火宣传的力度，努力与地方政府一道形成"共管、共治、共防"的良好局面，为保护川西林区生态资源和人民群众生命财产安全做出自己应有的贡献。

"显禄，身体是自己的，别老坐着，走，跑个五公里去，过了这阵我去考个健身教练证，以后还可以当个健身教练啥的。"一小段时间没有参加灭火作战任务，西昌大队掀起了一拨训练热潮，每到下午四五点蒋飞飞就过来叫上四中队指导员一起跑步。

蒋飞飞军事素质过硬，2014 年，他带领中队参加支队举办的"雄鹰杯"军事比武，取得团体第二名；2016 年，在总队军事教练员考评中取得个人第一名；2017 年在总队军事教练员考评中他再次取得个人第一名，并代表总队参加原森林指挥部军事教练员比武取得第一名；2017 年，他带领中队参加总队建制的中队比武，取得团体第二名。和他接触过的人都能从他身上感受到一股从骨子里透露出的豪迈和刚强，因此他被身边的战友称为"铁队长"。

"跑步怎能少了我呢！"赵万昆也加入了长跑行列。

"哈哈，欢迎欢迎。"蒋飞飞边跑边说。他对眼前这个老对手不仅是喜欢还很敬重。蒋飞飞记得刚分到西昌大队时，第一次参加支队季度考核，本以为能在自己擅长的五公里越野和器械体操中崭露头角，哪知道自己拼尽全力，依然落在时任中队长赵万昆的后面，这让蒋飞飞很诧异。从此，他每天为自己加练一趟长跑，2小时基础体能训练，做100个俯卧撑、100个仰卧起坐、100个深蹲，练了一年，他终于成功超越赵万昆成为支队体能技能最好的，三年后蒋飞飞接任了三中队中队长的位置。

如今的赵万昆依然还是大队的训练尖子，有次大队组织体能测试，他上来就说："今天我和大家一起跑，让通信员计时，谁要是跑我后面，回来冲他几个百米。"大家看着教导员的身影一点都不含糊，一个劲儿地往前跑，每次只要有教导员跟着的时候，就连平时及不了格的大胖子，在大家的拖拽下都能跑及格。

38岁的赵万昆还是大队的指战员们的学习标杆，每次去他办公室，大家见他不是在看书，就是在写笔记，都开玩笑说："教导员，你都递交转业申请书了还这么认真呀。"他总是笑着回答："人要多学习，现在社会压力大，我们又脱离这么久，再不努力就被社会淘汰啦。"

跑步的队伍里，有一个身高只有1米6，身体单薄的小伙子总是冲在前面，他叫周鹏，性格开朗活泼，但骨子里不服输的那股劲无人可比。入伍第一年，正赶上总队军事大比武，他主动请缨，当时没人觉得他能行。备战那段时间，训练场上多了一个"训练疯子"，负重5公里跑是他的弱项，他就背着40斤重的背囊每天跑三趟；400米障碍跑不够快，他就一遍一遍地练，膝盖手肘全部磨破出血也不管；选拔考核时，他以全优的成绩让战友们纷纷竖起了大拇指。身体素质硬、专业技术精，周鹏很快成了灭火"突击组"的主力成员，攻险段、打头阵从来都少不了他。

西昌大队的队员们的训练水平和身体素质在全支队是出了名的，每年比武中都能取得不俗的成绩，总有几个人能在各个榜单上独占榜首，这跟大队的训练氛围是分不开的，队员们即使不参加集中组织的训练，自己都会去跑跑步做做器械，年初来给大家体检的医生还建议他们减少运动量。但队员们还是一如既往地训练、执勤、战备，根本停不下来。就像蒋飞飞经常说的："明天继续。"他们就是这么一群充满了血性虎气、敢打敢拼的人。

平时多流汗，战时少流血。这是部队流传多年的老话，也是一句实实在在的真话。到了森林消防队这里，就是训练场上多流汗，灭火场上少流血了。三中队三班消防员郭启最能体会这句话的内涵，刚刚加入队伍时，郭启有点胖，虽然也不算特别胖，但他五公里跑不及格，器械也不及格，每次一到考核就垫底，上了火场也老掉队，自身安全都保证不了，这让郭启心里很不是滋味。

"班长，我要减肥。"决心发愤图强的郭启跟班长说。

当时班里的人都以为他是开玩笑的，大家也没有太放在心上，因为感觉他坚持不下来。

只要功夫深，铁杵磨成针。别人训练时他加量，别人不训练时他训练，郭启用了一个月的时间，从160斤，减到了130斤。他说到做到了，让中队消防员亲眼见证了他从一个胖子到一个身材健硕消防员的逆袭。2019年初，在中队体能评比中，郭启取得了第六名的好成绩，这是一个从倒数第一到正数第六的巨变，也是他刻苦训练的结果，他独自走过了充满艰辛的减肥路，付出了战友们难以想象的汗水，但他的付出是值得的，减去多余的浮肉，减去多余的水分，剩下的这"130斤"全是坚毅与勇敢了。一时间，战友们都纷纷点赞，中队、大队号召战友们向他学习，学习他这种吃苦耐劳、奋勇上进的精神。

对一个几十人的中队来说，每年的新消防员中总会有一个被冠以"胖子"这一称号的人。四中队三班的康荣臻就是被队员们称为"胖子"的消防员，由于名字和中国十大元帅中的聂荣臻元帅只相差一字，开朗活泼的他老说以后自己一定能做司令，于是他又多了一个"康司令"的外号。由于胖的缘故，每次跑三公里时他像是上了"刑场"，大家都还清楚地记得新兵连的时候，他第一次跑三公里时就岔气了，第二次刚跑没多远就吐了，当时还带着点"社会习性"的他直接撂挑子不跑了，还和班长顶撞了起来。

下连后，他分到一班，班长孔祥磊带兵很有一套办法，尤其是对付"刺头"

兵。孔祥磊从来不批评康荣臻，也不会说重话刺激他，他知道其实每个人都是想得到别人认可的，孔祥磊就多给他些认可，多鼓励他，引导他。

有一次班里队员自发去器械场练习器械，康荣臻也来了，队友问他怎么也来了。

"班长对我很好，我不能丢班长的脸。"康荣臻对大家说。在别人休息的时候，康荣臻也会偷偷加练，一点一点让自己变得更强。

森林消防队是一所大学校，每一个人都会慢慢学习成长和进步，渐渐的，康荣臻的毛病改了不少，训练也更用心了，虽然体重没降多少，但160斤的他单双杠成绩良好，不知什么时候开始，他最惧怕的跑步也不是问题了，上了火场，强壮的他专挑大件的东西拿，成了队里的"大力士"。每次完成任务后，他都会发一个朋友圈，以此向家人报个平安。因为懂得，所以他更在意家人、班长、战友的感受，因为懂得，所以他珍惜每次任务的机会，珍惜报效国家的机会。

西昌大队里，大家除了精武强能外，也有多才多艺的一面。休息间隙总能听到孔祥磊动听的吉他声，一首《往后余生》是他最近勤学苦练的歌曲，他准备在不久之后的婚礼上弹唱给自己的新娘听；三班长高继垲不但会弹吉他，对唱歌也情有独钟，每次办晚会他都会唱上两曲，尤其是每年老兵退伍时，那首《驼铃》是他一定要唱给临退老兵的。两位老班长弹得一手好吉他一度让二班的王佛军羡慕不已。在他俩的熏陶下，他也买了把吉他，一有空就跟孔祥磊和高继垲学习，短短几个月下来，也能流畅地弹出曲子了。

四中队三班副班长汪耀峰也是一个多才多艺的小伙，他虽然性格内敛腼腆，但在他默默无闻的外表下却潜藏着街舞的绝技。每次大队组织活动，他都会秀一段，虽然没有电视里的艺人跳得那般好，但他永远是大家心目中的街舞王子。

二十一

大凉山植被茂密，物产丰富，高山、深谷、平原、盆地、丘陵相互交错，孕育了名目繁多的野生动植物资源，尤其是属亚热带季风气候的冕宁县，气候温和、雨热同季、日照充足，是野生动物们的天堂，动物们与当地村民一同生活在广袤的大山里，大熊猫、牛羚、云豹、豺、绿尾虹雉等保护动物渐渐走进了人们的视野，猴群更是经常出没在百姓居住的村间地头。

三月下旬，美丽的春天真的到了，严冬的沉寂迎来了春日生命初醒时的悄声细语，冕宁的土地上万物复苏，小鸟开始歌唱，大树里树汁正在上升，柳树和白杨冒出了嫩芽。播种的季节到了，农民们在田间地头开始劳作，勤劳地在自家地里种上了土豆玉米等农作物，期待着风调雨顺，种子能够一颗不少地快快萌发。可雨水稀少，天干物燥，村民们还没等到地里的种子发芽，这些种子先被山里的猴群盯上了。猴群靠山吃山，虽然山里的树木慢慢长出了嫩叶，枯草慢慢发出了新芽，可刚刚复苏的大山里还是食物缺乏，为了觅食，它们偷偷跑到农民的土地里，刨食了村民们种下的种子。

猴子是国家保护动物，遇到这种情况，村民们也无可奈何，只能想办法把它吓跑。穿着破大衣的稻草人，绑着塑料口袋的木桩子都用上了，大家想了很多办法，但稻草人吓吓麻雀可以，可骗不了聪明的猴子。按照以往的经验，村民们通常会放鞭炮驱散猴群。不承想，3月26号下午，一位老乡用来驱散猴群的鞭炮引燃了地边的杂草，大风中，蔓延的野火致使冕宁县新兴乡姑鲁沟村前的山头发生了火灾。

幸好，火灾发生的地方植被主要以茅草及零星杂灌为主，火场周边也无重要设施及民房。火灾发生后，凉山森林消防支队，冕宁县专业扑火队以及应急民兵紧急赶赴火场参与救援。西昌航空护林站安排 M-26、K-32 直升机，从空中洒水灭火。

凉山支队前线指挥部带着西昌大队和直属大队赶到火场下方时，天已经黑了，队员们就像往常一样在车里简单吃了晚饭，由于火场所在的位置只有通过一条狭窄的便道能抵达，支队的客车和装备车无法直接开到火场。地方政府连夜协调了几台皮卡，把队员们和其所携带的灭火装具运到了火场一线。

扑救森林火灾不像扑救城市火灾那样预留了供消防车辆通过的消防通道，要是森林火灾发生在公路周边还好，要是在人烟稀少的大山深处，往往通向火源的"最后一公里"，是队员们走得最艰辛的路。

从西昌出发，通往各县都有国道或者省道，从各县到各乡镇，也都有硬化路。从各乡镇到大山里的自然村，路就有些难走了，还有不少地方是崎岖不平的土路，但从村子里去山上，很有可能就没有路可供车辆通行了。有时候即使有路也很窄，只有摩托车甚至骡马能通行，大家只能靠人背肩扛把灭火装备搬上山，这"最后一公里"有时候一走就是一天。

这次，协调来的皮卡车来回了几趟，扑火队员和灭火装具比较轻松地就到了火场，等所有装具和人员都到位时已经是 27 号的黎明时分，经过一夜的沉淀，无风的黑夜和夜间的低温冻得火线渐渐失去了白天的那种狂躁，火大部分已经熄灭，只留下一些枯枝和树干燃烧后形成的火点和烟点在苟延残喘着，队员们很轻松地完成了这些余火的清理。大家都感觉，这场火可能是今年打过的最容易的一次火了。不料，他们又接到了另一场火的扑救命令。那场火发生在冕宁县河里乡，与队员们所在的冕宁县新兴乡相隔不远，大家收拾装具，从新兴乡直接去了河里乡火场。

队伍抵达河里乡火场下方时已经是 27 日下午 5 点多，看着此起彼伏的火线，队员们直接投入灭火作战。这一次，火场再没有可供皮卡车通行的道路，也没有帮队员们运送装具的皮卡车，队员们只有徒步向火场行进。

走了两个多小时，天彻底黑下来的时候，大家才赶到火线边上。"大家跟着我走，保准不会让你走冤枉路。"三中队一班副班长陈益波边走边招呼着大家，来自云南曲靖的他从小在大山里长大，是火场上的领路人、带头兵，每次上山打火，中队长、指导员都会让他去前方探路、观察地形、了解火场情况。时间一长，他背负灭火机、手拿铁锹的背影，深深地刻在了中队每名队员的心中。

火线的不远处，陈益波找到了一片空旷的荒地，大家决定就在那里休整。

远处忽明忽暗的火光，在黑夜里平稳地燃烧着，有一处火头较为显眼，也许是因为那一处植被太过茂密，也有可能是因为那里长了一片油松，就数那一处的火动静最大。

"只要把这个火头控制住，夜间气温降下来，这条火线也就差不多灭了。"前线指挥部决定派一部分人迂回过去对这个火头进行封控。正当大家快赶到火头处时，这个火头仿佛知道有人要来收拾它而生了气似的，在队员们的眼前发怒了。一棵二三十米高的松树在烈火中瞬间爆燃开来，每一个枝丫、每一根松针集中迸发出炽热的火焰，形成的那团火光就像炸弹爆炸一样膨胀开来，在黑夜里发出刺眼的亮光，爆燃过后，它周边的火头又增大了不少。

"所有人员快速撤回，现在不是时候。"看着逐渐扩大的火头，前线指挥部通知大家先回到下方空旷的区域休整。

那团火爆燃过后不久，火场渐渐安静下来，那个火头也只是稳定地发展着。"是时候让它消停了。"队员们快速接近火头，用了不到一个小时，把它彻底消灭在了黑夜里。队员们快打快撤，将火头扑灭后返回了安全区，剩下的余火，将留到第二天再去清理。他们知道，夜里的寒气会让这些余火变弱，很大部分会自己熄灭，即使没熄灭的，等到第二天天亮的时候，大家也能很快地把它清理完毕。

这一夜，西昌大队和直属大队的队员们就在那片空地里烧了几堆篝火，大家围着篝火坐成一圈，东一堆、西一堆地说着话。有的背靠背，有的肩靠肩，有的正对着篝火，有的反坐着给后背取取暖，有的抱着膝盖埋着头，有的伸直了腿烤着脚，有的摸出一两根香肠烤着吃，有的把铝制的水壶放在火堆边烧点开水喝。他们的不远处，从林子里捡拾来的柴火静静地堆着，火力小的时候便会加上两根，他们不会一下子把火烧得很旺，那样柴火消耗快，火力太大了也烤得人难受，就这样，借着篝火的余温，大家坐了一夜。

到第二天早上，果然不出大家所料，火场上的连续性火线已经几乎没有了，只有一些烟点，队员们只用了大半个早上，就完成了火场清理，放眼望去，能看到的区域里，已经天清气爽了。

为确保万无一失，不留下一点火患，中午时分，支队前线指挥部利用无人机从空中进行了巡视，巡视后发现，离西昌大队稍近的大山侧面的沟谷里，大家看不到的地方还有两处烟点不时冒着黑烟，已经有了复燃的迹象。

"我带几个人去处理，你们在这边休息一下。"蒋飞飞主动请缨。他知道排长刘代旭今年才参加灭火实战，经验尚浅，指导员已经连续2天没有休息，脚也磨起了泡，走路都费劲，他体能好，虽说累，但还可以坚持，于是他挑选了中队几名骨干折回去扑打烟点。三中队中队长张浩也带着几名骨干去了另一处烟点。

火场上剩下的这两处烟点，虽然只有两处，但也是最隐秘、最难处理的。张浩带着4个人去处理那个烟点的时候，遇到了很棘手的情况，烟点所在的地方，山石一直滚落着，碗口大的石头不时从高处砸来，让人心里发怵。

在陡峭的山坡上，树木遮挡了大家的视线，石头滚过来的时候很难看清楚，只听得见石头撞在地上或者树干上的咣当声，有时候就算看清楚了，若是石头真朝你砸来，你也是很难躲避的，在山坡上根本不像在平地上那样容易躲闪。西昌大队就有很多队员被石头砸过，大家头盔上的道道白痕就是滚石留下的印记。

停留了一段时间后，张浩和几名队员还是边观察边接近，用最快的速度把烟点处理掉了。

处理最后这两个烟点花费了不少时间，来回的路上更是折腾了很久，在杂草丛生的山林里前进，虽说是带着砍刀简单开了路，可这路太简易太潦草，曲曲折折、沟沟坎坎，而且总是有粗大的倒木蛮不讲理地横在路上。等返回出发点的时候，蒋飞飞的脚也磨破了皮，此时已经很晚了，前线指挥部决定，继续留守火场一晚，等第二天再返回。

　　蒋飞飞、张浩他们返回的时候，山下的炊事员和驾驶员把给一线灭火队员准备的饭菜和大家的鸭绒被睡袋送了上来，这一晚他们将继续在大山里过夜。在山上过夜对森林消防员来说是司空见惯的事，他们已经习惯了大山里的寒冷，习惯了和衣而卧，习惯了三两个人裹一个鸭绒被，习惯了肩靠着肩、背靠着背抱团取暖。

二十二

　　第二天一早从冕宁火场上一下来，张浩直接就回家了。恰逢周末，妻子张越也放假在家，岳母和几个亲戚见张浩在火场那么多天没吃好，没睡好，一家人合计，到张浩的家里去做饭吃，准备给张浩补补。

　　这一天是张浩难得的休闲时光，几乎在屋里待了一整天，一大家子人热热闹闹地做做饭、聊聊天，岳母和亲戚直到晚上八点多才离开，之后小两口在沙发上说起了心里话。

　　"我们俩现在也那么大了，父母也老了，该休息了，以后我们俩要对父母好一些，这些年你辛苦了，我亏欠你太多，我以后也要对你更好一些。"想着年迈被伤病困扰的父母，看着操劳的妻子，张浩把心底的话吐露了出来。

　　两年前张浩的父亲身体不适，到医院检查时已经是肺癌晚期，而且癌细胞已经扩散，不适合再做手术。那段时间对张浩来说是煎熬的，他专门休假带着父亲去成都检查，医生给出的结果是父亲只有两年的时间了。听到这个结果，张浩情绪非常低落，两年的时间能做些啥呢？他拨通了张越的电话："我们赶快结婚吧！""行。"张越也没犹豫，几个月后，他们俩领了结婚证，从校友变成了夫妻。

　　张越从来没有怨过丈夫，虽然他大部分时间都在单位，但丈夫对家人的照顾是无微不至的，跟自己的心是在一起的。她觉得可能是因为谈恋爱的时候，他就给自己太多的依靠吧，那份责任感和安全感让她觉得，即使他的工作那么忙，照顾不了家，照顾不了自己，自己也愿意跟着他，两个人只要心在一起就没啥问题了。这一晚，夫妻俩在沙发上聊了很多，直到十点多才去休息。这时候，张浩还不知道又有一起森林火灾正在蔓延。

3月30日17时，凉山州木里县雅砻江镇立尔村部分村民正在劳作。高山峡谷间，突然几声闷雷响起。

"光打雷不下雨，危险了！"村支书次尔扎什看了看天空。心中隐隐有些担忧。

18时许，让次尔扎什担心的事情发生了。

"立尔村后面山上发现烟点！"

尼波村村民发现烟点后，连忙把险情上报雅砻江镇。

"山上起火了，大家赶快，带上3天干粮和扑火工具出发。"看着着火点越来越大，次尔扎什来不及吃晚饭，连忙组织人员。他迅速召集了46人，连夜上山，经过7小时的艰苦跋涉，于3月31日凌晨4点到达火点，投入扑火工作中。

起火位置就位于木里县重要的原始森林腹地，木里县森林覆盖率达67.3%，是全国林业第一大县，火情若得不到控制，不仅会造成重大经济损失和生态破坏，还将危及千余名群众的生命安全，火灾还威胁着附近的锦屏水电站和羊毛沟水电站。当晚，木里县立即部署，组织地方扑火队靠前扑救，并请求凉山州森林消防支队投入作战。

"完了，才回来不到一天又着了，看来火灾发生的量又转到上涨线上了。"

火打多了，队员们渐渐感觉到火灾发生好像有一种规律似的，有时候几场火打完后会消停好几天，有时候一两场火过后又会接连不断地发生森林火灾，这可能跟这一小段时间内的气候、节气有关，比如清明节前后一般都是火灾的高发期，因为祭祀时用火比较多。

"哪来那么多废话，我们干的就是这行，火打得多才能证明我们的重要，谁要是扰乱人心，我第一个削他。"高继垲听到这话当即制止住大家。

"二哥，下面通知我们做好准备，要去打火，你看咱俩谁去。"接到通知后，周振生来到办公室找代晋恺。

"要不你去吧。"此时的代晋恺还在办公室写稿子。

"就这么说好了哦！我去收拾东西。"周振生边说边准备去取设备，他也是想着自己去，让这个老师休息休息，因为上一场火就是代晋恺去的，几天下来，他看着代晋恺比较累，体力也消耗得很大。

过了一会儿，周振生再回到办公室，代晋恺拿起了自己的器材："要不还是我去吧，咱们还是像以前一样，你在家里写，我拍了照片发给你，然后你再整理好发出去。"

"好吧二哥，那辛苦二哥了，等你回来我给你加鸡腿。"周振生看着代晋恺心疼地说。

周振生原本是凉山支队直属大队的报道员，今年一月份参加支队的新闻报道员培训，能吃苦、比较上进、有功底的周振生很受大家的青睐，培训的时候代晋恺跟他说，他在大队的报道员中算比较优秀的，就留在凉山支队吧，他们一起好好地把支队的新闻宣传工作做起来。

周振生是 1994 年出生的，代晋恺是 1995 年出生的，周振生感觉代晋恺跟自己年龄差不多，性格也比较相像，而且趣味相投，就一口答应下来，虽然自己还年长一些，但他觉得能者为师，就亲切地叫代晋恺二哥，叫程雪力大哥。

在周振生眼里，代晋恺的心理比自己都年轻，空闲的时候他就喜欢琢磨一些小玩意儿，手工制品什么的，但工作起来却非常拼，今年一月份到现在，每次他都上一线，打火结束后别人回来就开始休息了，但是他不休息，他还要整理素材，把火场上拍摄的素材拷贝出来，然后剪辑、制作、写稿、发稿。别人都洗好澡休息了，他却还要一直熬夜剪片子，经常熬得两眼通红，周振生跟着他也一直在办公室忙活着。

出发前，代晋恺把刚写好的稿子发给了他的母亲，过了几分钟后又给母亲打了一个电话。

"你昨天晚上是不是又加班写稿子了，那你今天晚上得好好地休息一下了。"电话那头，代妈妈关切地说。

"不行，可能我们今天晚上就要走，木里那边又起火了。"

"你还是休息一会儿，至少休息一天吧，你老是这样熬夜不好。"代妈妈一直比较担心的就是代晋恺的身体，他的体质从小就不是很好，还比较瘦。代妈妈又嘱咐他："你不能这样熬夜了。"

"没法啊，只有晚上清静的时候才能写出东西来。"这次，代晋恺跟母亲没聊太久，他虽然跟母亲说可能今天晚上又要走，但他其实已经明确地知道肯定是要走的了。

出发前，代晋恺用微信向四川媒体记者报告："木里县着火了，我现在出发去现场，一有情况就和您联系，拍了火线照片就发给您。"

晚上十一点多的时候，躺床上一直没睡着的张浩突然坐起来，惊醒了身边的妻子，"你干嘛呢！"张越关切地问。

"我感觉心有点慌呢！"

"要不要吃点葡萄糖之类的东西？"

"没事儿，你睡吧！"坐了一会儿，张浩才躺下，渐渐睡着了。

接到命令后，早已做好出动准备的凉山州森林消防支队指战员准备出发了，他们最清楚木里的火场形势，白天气温高、风力大难以扑救，大家都想着连夜去把火扑灭，早灭完早休息。

"嗡……嗡……"12点40多的时候。张浩在手机的震动声中醒来，拿起手机一看，是赵万昆打来的，之前已经有一个未接电话没接着。

"木里发生森林火灾了，队伍正准备出发，你准备一下，我们到你家路边接你，灭火服也给你带上了。"赵万昆在电话里简短地说。

挂完电话，张浩随即起身准备，边穿衣服边把情况告诉了张越："木里着火了，我要走，教导员来咱们这儿接我。"

"你把外套带走吧，外面冷。"张越看丈夫就穿个T恤衫，提醒道。

"没事儿，我上车就换扑火服了，这个外套就放家里面，等我回来再穿吧。"

张浩走后，张越一直没睡着，丈夫大半夜地出任务，做妻子的难免有些担心。凌晨1点半的时候，张越发微信问张浩到哪儿了，张浩说："刚出发不久，你先睡。我到地方了跟你说，别担心，我们会很快回来的。"

　　"好饿啊！果然，半夜不能醒，醒了就饿。"没过多久，张越又给丈夫发去信息。

　　"所以熬夜的人都要加餐。吃点东西嘛，吃个面。我也有点饿了。"

　　"哎呀，你们又没有夜宵。"

　　"有给养啊！老婆你吃点东西嘛，吃了赶紧睡了。"

　　那天晚上，张越过了好久才睡着。

二十三

第二天早上，代晋恺上山的时候给程雪力打了一个电话："我上了火场了，给你打个电话。"平时如果程雪力上火场的话，会给代晋恺发个信息，代晋恺也同样如此，会发个信息或者微信，那天早上他却直接给程雪力打了电话。

"你跟我发个信息就完了嘛！"程雪力在电话里说。

代晋恺笑着说："还是打个电话嘛，等打完这场火，我休假回来以后，好好地聚一聚，好好地吃顿饭。"

出发了，代晋恺边走边拍了几张照片，上山的过程中，灭火队员基本都是匀速前进，走累了才会停下来休息一阵子，而报道员往往会走走停停，有时候又会跑上几段，因为停下来拍了一会儿之后，队伍就走到前面去了，他又得跑步追上大家，这样虽然很累，但他并不轻视这种活。相机镜头里，代晋恺发现队员们都带着迫切的心情，这种心情使大家充满了活力，而这种活力也感染了他。

"兆星，你的脚没事吧！"张浩看到二班消防员孟兆星走到了他前面，顺便问了一句。孟兆星脚上有伤，这场火他本可以留守大队不参加任务，但这个甘肃小伙却毅然申请说必须去。

"不碍事，队长。"孟兆星回头答复着张浩，步子却没停住。

张浩掏出手机看了看，还有一格信号，赶在最后一点信号结束前，他给妻子打了一个电话。"……木里的山又高又陡，没爬过那么高、那么陡的山，早上七点多到山下就开始爬山，十点多还没到火点，还得继续爬。"说着说着，手机里的回音开始断断续续，信号就要断了，张浩挂断了电话。

"没事吧？"行进中蒋飞飞一直落在后面，随队战友不时问他。从上一场火下来才休息一天后他们又奔赴木里火场。

"干完这场就回去拍婚纱照啦，再累我也要坚持。"蒋飞飞乐观地回答。他脚上磨破的地方走起路来隐隐作痛，不过这种痛他不知经历过了多少次。不光是他，西昌大队所有队员中，没有几个人的脚是光光滑滑的，稍微好一点的，脚底板上也长起了厚厚的老茧。

森林，是木里的王牌。据中国新闻网报道2019年全县活立木蓄积量达1.17亿立方米，占全省的10%，全国的1%，以县为单位居全国之首；不仅如此，它还是原始林，因为地处青藏高原和云贵高原的结合处，群山连绵，沟壑纵横，是我国现存为数不多的成片原始森林。

"我们当地村民的主要收入来源是采收山上的松茸，这片山是我们立耳村的资源，这山里面长的松茸是附近品质最好的，每年能连续采两三个月，平均每天可以出一百来斤松茸，村里'最懒'的人一年都可以捡个万把块钱。"担任向导给队伍带路的立尔村村民捌斤边爬山边跟旁边的队员们说。

大火烧过后，不光地表植被被付之一炬，还有不少窜到地下的火星，引燃了腐殖质层，形成了一个个小火坑，这些小火坑很可能会把松茸的菌丝都毁掉。人均背负20公斤灭火装备，徒步行军8个小时，下午两点到达火场后，西昌大队41名指战员在高寒缺氧的极端环境下，在海拔3600余米的原始森林与火魔展开了搏斗，队员们顶着高温炙烤连续奋战2小时，外线火得到了有效控制，但谷底仍有两个烟点。

"显禄，你带一组人先下去看看这两个烟点是怎么回事。"赵万昆决定让胡显禄带着突击组轻装前往进行勘察和先期处置。

"显禄你挑几个素质好的，带个班长。"张浩转身说道。临走时，张浩特意提醒："多注意安全哈。"

赵茂义被胡显禄挑选到了先遣队，出发前，周鹏塞给他一罐不知道揣了多久，捂得有些热乎的水果罐头，咧着干裂的嘴唇笑着对赵茂义说："注意安全，等打完这场火我们一起上街好好吃个饭。"

大家一再相互嘱咐，那是因为打火最危险的时候，往往是在接近火的途中。接近火的时候，山体、植被、风力、风向都会影响林火的行为，会有很多不确定的因素，也许会有不同的火头，还有突然爆发的火势都会威胁大家的安全。一旦突破火线之后，危险因素反而会小很多，因为那时候身边有火烧迹地，如果风力、风向或者火情改变的话，还可以转移到火烧迹地避险。有时候大家并不惧怕在火线上打火的过程，反而会担心接近火线的过程。

17 时 50 分左右，胡显禄一行和西昌大队指战员向烟点迂回接近时，突遇林火爆燃，瞬间形成巨大的火球和蘑菇云团，将 500 余亩的整个山谷土烧焦、树烧死、石烧炸，现场的扑火人员随即紧急避险。爆燃火烧出山头后，27 名森林消防指战员和木里县林业局局长杨达瓦、川林五处职工邹平、立尔村村民捌斤与前线指挥部失去了联系，只有胡显禄、赵茂亦、杨康锦、王顺华 4 人艰难地冲出火海，连滚带滑地从一处悬崖下到山底。

林火爆燃那一瞬间，低沉的轰鸣声、直冲天际的蘑菇云，让火场周边所有人都震惊了。瞬间形成的蘑菇云就像火山爆发一样，旋转着直冲天际，而后又翻滚着扑回山顶，对讲机里传来一遍遍呼叫西昌大队的声音，赵万昆、蒋飞飞、张浩、刘代旭、胡显禄……只有胡显禄发出断断续续的咳嗽不止的回答。

在对讲机的另外一个信道上，呼叫杨达瓦的声音也在不断传出，可是这一次，再也没有应答。31 日早上 8 点，杨达瓦一行从立尔村出发，徒步奔向火场。按照防火指挥部安排，他负责带人以迂回的方式前往火场，协助西昌消防大队对火场实施合围。

因为熟悉当地地形，捌斤作为向导，用弯刀开着路，与杨达瓦、邹平以及西昌大队一组在火场左边灭火，另外一组在火场右边灭火。

那声巨大的轰响发出时，杨达瓦和西昌大队一起，正一路清理烟点，那一刻，巨大的浓烟遮住了天空也遮住了他和邹平、捌斤还有西昌大队那一组队员的视线。

"达瓦"在藏语里是月亮的意思，但那天晚上，天空星稀云薄，看不见月亮。

死里逃生,跌跌撞撞地转移到山底的时候,胡显禄的眼镜撞掉了、鼻梁撞破了,手上也被划了几个血口子,赵茂义鞋跑掉了,其他两名队员也已经筋疲力尽。

所幸,他们冲出了火海,被木里大队六中队的队员们接应到。大家朝着胡显禄他们从火海冲出来的方向,一遍一遍喊着队友的名字,王佛军、刘代旭、代晋恺……可此时,只能听到夹杂着浓烟的风和树木燃烧时的呼啸声。

其他人一直没有回应,冷建春和张军召集火场上的灭火队员和地方群众沿大家的行进方向沿路寻找,直至深夜也没有发现任何踪迹。

浓烟密布,爆裂声四起,往下走是断崖,往上走是爆裂燃烧的大山,当晚,冲出火海的4人和六中队指战员被山火围困在山谷,艰难地熬过了一夜。

当程雪力听说张浩他们失联的时候,一开始没觉得什么,因为他知道在木里那个大森林里,失联是很正常的,在那个大山里很多地方连卫星电话都打不通,他自己也遇到过很多次失联的情况。

"天阴了,要下暴雨啊!如果下大雨你就可以下山回家了。"4月1号上午,坐在办公室的张越看着德昌的天空乌云密布,突然下起了暴雨,就拍了一张照片用微信发给张浩,问他们那边是不是也下雨了。几分钟后,张越接到了队里的电话:"张浩他们失联了,可能出事了,提前跟你说一声,你有个心理准备,我们得到确切消息就通知你,你先回西昌。"

听到这话,张越当时就从椅子上摔到了地上。但她还有一点理智,告诉对方暂时不要跟张浩爸爸妈妈说,怕他爸爸受不了刺激,有什么消息,不管是好消息、坏消息,第一时间先跟她说,她再跟张浩的爸妈讲。在隔壁办公室听到动静的领导和同事过来了解了情况后,派了车护送张越到西昌,陪着她等消息。

4月1日一早,代妈妈在手机上看到有人员失联的新闻时也心里一紧,但她还是一直不敢相信会出问题。她急忙拨打了儿子所有的电话但都打不通,她心里感觉很不好,感觉可能出事了。代晋恺的父亲也着急地喊着赶紧打电话,代妈妈安慰老公说可能是在山上信号不好,以前也经常打不通他的电话。

后来看着新闻越报越频繁，代妈妈再也坐不住了，回家收拾东西就往西昌赶去："我一定要去西昌看一下到底什么情况，不管有没有他我都要去看一下。"

张越心里其实也很纠结，回来等消息的那几个小时真是太煎熬了。她不敢告诉张浩的爸妈，但是又想着那么大的事儿老人家迟早会知道的，她担心爸妈突然接到张浩牺牲的消息会崩溃，要是那样还不如早点跟他们说，让老人家也有一个心理准备。张越拨通了张浩姐姐的电话，她不敢说张浩出事了，只是说失联了，电话那头，张浩的姐姐一听就哭了，问张浩是不是已经牺牲了。"没有，他只是失联了，现在还没找着。"张越回答完也哭了。

4月1日9点26分，发现第一名遗体的时候，搜寻人员感觉整个天都塌了，世界都是灰暗的，心也都碎了。还没发现遗体前，大家心里面还抱有一丝希望，还抱着一丝幻想，都觉得可能是当时沟壑深谷交错的地理环境导致他们失去联系。大家都没想着他们会牺牲……

第一具、第二具……第二十四具。这个愚人节的上午，巨大的悲伤中，大家都不敢相信自己的眼睛，感觉是上苍给他们开了一个天大的玩笑。

还有6名队员不见踪影，死里逃生的胡显禄和3名队员，还有接应他们的六中队也还没走出火场危险区域。凉山支队前线指挥部着急得就像热锅上的蚂蚁，不时喊着失联人员的名字，尝试用对讲机联系着胡显禄。此时的胡显禄还在险境当中，他们的不远处，林火还在燃烧，陡峭的悬崖上，滚石还在滑落。

也许是牺牲了的队友的在天之灵看到了大家还身处险境而撒雪庇护，也许是老天爷也在为逝者默哀，火辣辣的太阳下面，天空开始飘起了雪，大家都惊呼："这是20多名牺牲的兄弟给我们的庇护啊！他们在压制火魔让我们安全地撤离！"

中午的时候，胡显禄一行抵达了山顶的安全区域，那原本是大家集结出发的位置。如今，很多逆火而行的队员已经变成一具具冰冷的遗体躺在了这里。胡显禄没有想到，赵万昆带着的这一群人也牺牲了，此时他感觉脑子里面一片空白，全身的神经都是木的。

金德成看到眼前这4名从火场中冲出来的战士时，声音颤抖了："你们是英雄，感谢你们冲了出来。"

金德成说完，4人全都哭了起来。

看着从鬼门关冲出来的胡显禄，仲吉会难过地拍了拍他的肩膀，其实当时他们很想拥抱在一起大哭一场，但是还有6个队友下落不明，搜寻的人员不知道他们会在什么地方，只能让胡显禄带他们去找。

看到了总队、支队的领导，几个人像看到了家长。胡显禄感觉在最失魂落魄的时候，前方指挥部就是他们心中的家，不是因为这里有多安全，而是因为这里有焦急等待他们的领导和战友，就像家人一样。

再次下去的时候，胡显禄彻底傻眼了，头一天走过的密林，如今已经全部变成了荒山，地面上一点泥土都看不见，全是一层白灰，连石头都被烧成了碎沙，早已无法辨别曾经走过的地方，他们只能通过GPS（全球定位系统）搜寻昨天最后留下的那个定位。

已经找到了24具遗体，还有几个没找着，收到通知的张越一直不敢跟张浩的爸妈说这个事，只说他们全部失联了。尽管她心里还是想着没找到的人里面有存活的可能，存活的人可能就有张浩，但她还是没法控制住自己的伤心。

"爸，我怕。他们跟我说了，其实有几具遗体已经找到了，张浩可能真的回不来了。我怕，我不敢跟他爸妈说，怕他们受不了刺激，我自己也受不了。"中途有段时间，张越把母亲还有张浩的爸爸妈妈全部都支出家门，只留自己和父亲两个人在家，现在她只能向父亲诉说自己的担心。

"没关系，我们都陪着你。"张越的父亲紧紧地抱着张越，边安慰边哭。

这个山一到傍晚起风后就要掉石头，会砸到人。天色渐渐暗了下来，搜寻的一些群众渐渐散了，此时的胡显禄脚底全是泡，丢了眼镜后也看不清东西，他找了一根树枝杵着，一点一点地往下走，心里想着无论如何一定要把队友们找到。终于，黄昏的时候，在一处山崖上他们找到了最后6名队友，可是他们已经全部牺牲了。

除了痛哭难过，张越第一个念头就是不能让张浩爸爸的身体垮掉，如果他突然发病，整个家就真的全垮了。所以当知道张浩遇难这个消息的时候，她已提前想办法哄病重的张浩父亲睡觉了，她跟张浩父亲说："你好好睡觉，不然张浩回来看着你这个样也难过。"

再回到山顶与大部队会合的时候，胡显禄直接瘫倒在了地上，大口地喘着气，沉浸在巨大的悲痛中。连续走了两天，熬了两夜，整整两天基本没怎么吃东西，他已经彻底虚脱了。这种虚脱，不是短期的过度劳累引起的疲劳，他感觉所有的气力都耗尽了，每一块肌肉、每一根神经，每一个细胞都虚脱了，连恢复的体力都没有剩下。

所有搜救工作结束。在山上搜救了接近两天的木里森林消防大队班长王二强双眼布满了血丝，嘴唇裂开一道道血口，他怔怔地立在夕阳下，如同一尊雕像。王二强脸上全是烟灰，手中拎着一把铁铲，眼中透出几丝凶光，像是随时要把山劈成几瓣，他那两只在灰烬中搜来找去的手，已经黑得看不清本来面目。

白米饭端上来时，王二强顾不上洗手，抓起两个便餐盒就走。听到旁边的记者叮嘱他洗了手再吃时，他面无表情地说："两天两夜没吃了。"说完，他向墙角匆匆走去，并没有走向两米外的洗手池。

这一晚，队员们小心翼翼地把战友的遗体包裹好，由于夜晚无法转运出山，他们就一整夜在战友的遗体旁，静静地陪着他们。

现场几十名搜救队员一个个不敢置信地看着身旁的人，昨天还在一起谈天说地，音容笑貌历历在目，没想到一夜没见，这么多最亲密的战友居然变成了一具具冰冷的遗体。他们脑海中满是战友们一起玩闹、一起疯狂、一起战斗的样子，他们想到这一行行热泪滚落下来，男儿有泪不轻弹，只是未到伤心处。

程雪力看到一份特殊的名单，被勾红的就是被确认牺牲了的，没有勾红的就是安全的。当他看到这份名单的时候一下就蒙了，彻底蒙了，代晋恺的名字也被勾红了，名字被勾红的还有赵万昆、蒋飞飞、张浩、孔祥磊……

程雪力入伍时，赵万昆是他的中队长，蒋飞飞是他的排长；他到机关后，张浩跟他在一个办公室，孔祥磊跟他从小就认识，两人是初中同学，两人的父亲当年也是战友，2007年两人一起来西昌当的兵。

孔祥磊刚休了探亲假，归队后就上了火场。孔祥磊的父母得知孩子可能出事的消息后，程雪力的电话就再也没断过。两位老人从云南建水县出发，每走一段，就给程雪力打一通电话询问情况。程雪力只能尽可能地安慰他们，他知道奇迹不会发生。看着西昌大队那份人数本不多的名单上，被勾红的人太多了，每一个都是熟悉的人。看着他们的名字，他能想起他们每个人长什么模样，能想起跟他们一起做过什么样的事儿，在哪一个火场上战斗过，大家一起又经历过什么样的危险。一个个都是与自己出生入死的兄弟，他彻底蒙了。

那天晚上，网上播出新闻，失联的凉山木里扑火人员全部找到了。

二十四

大地静默、举国悲痛，铺天盖地的新闻包裹着复杂的心情积聚在一起，最终以悲痛的眼泪释放出来。用不着多余的话，消防员们一个个站着呜咽，一个个坐着流泪，释放着巨大的悲痛。

哭过叫过后，总算平静下来。

一个一个地看完牺牲的弟兄们，仲吉会真想从那山上跳下去，跟他们一起走。

整齐躺在地上的指战员，就像集结完毕的队伍。

必须让兄弟们尽快下山回家。仲吉会知道兄弟们的身后事还有很多很多要做，他回过头来看着自己跟他们一起走的想法，很可笑，自己跳下去，死得不明不白。他还得为牺牲的兄弟们负责，为全支队负责。

从木里县各乡镇组织来的群众到了，仲吉会带着大家把兄弟们的遗体一个个包裹好，现场条件比较艰苦，大家砍来了木棍制作简易担架，20人负责一具遗体，将他们搬运下山。

"兄弟们，我把你们带出来，没有安全地把你们带回去。悲痛之情，苍天可鉴；兄弟之情，来世再续。"以泪洗面的仲吉会跪在地上磕了三个头后缓缓起身——走，送兄弟们下山，回家。

最后六具遗体下山时，现场的人手已经不是很充足，张军带着队员们补充了搬运的人手，蜿蜒曲折还狭窄的小路上，不时会有树枝或者凸起的石头剐蹭到包裹遗体的布匹。队员们沿路走沿路检查，不让里面的队员再受一点擦伤。那天是 4 月 2 号，正好是张军的生日，他决定，这辈子，从此之后，再也不过生日。

战友牺牲后，火场一线广大指战员化悲痛为力量，坚守阵地，顽强作战，于 4 月 2 日凌晨扑灭全线明火，开始组织回撤。

以往打完火组织归建时是大家最轻松的时刻，而这次，回程的路却走得无比沉重，大家都有种不愿回去的感觉。回到西昌的时候，大街上已经灯火辉煌，但此时大家的心情却灰暗无比。

4 月 2 日凌晨，在通往西昌市殡仪馆的路上，无数群众手持菊花一直守候在街道两旁，迎接着救火英灵的归来。"英雄，一路走好！"的送别声，震撼了寂静的夜空，震撼着人们的心灵。

牺牲的消防员中，多人因为身处异乡，只能靠着手机与家人联系。手机一端是辗转于火场的年轻小伙，另一端是等候报平安的亲人。

得知噩耗后，牺牲森林消防员的家属从各地赶往西昌，准备处理后事。

赵万昆、蒋飞飞、张浩、刘代旭、幸更繁、程方伟、陈益波、赵耀东、丁振军、唐博英、李灵宏、孟兆星、查卫光、郭启、徐鹏龙、周鹏、张成朋、赵永一、古剑辉、张帅、王佛军、高继垲、汪耀峰、孔祥磊、杨瑞伦、康荣臻、代晋恺、杨达瓦、邹平、捌斤——他们既是为人民赴汤蹈火的英雄，也是 30 个家庭的儿子、丈夫和父亲，有着无比眷恋的挚爱亲人，但他们为了更多家庭岁月静好的幸福生活，义无反顾、负重前行。因为扑火任务繁重，新婚的三中队中队长蒋飞飞还没有来得及举办自己的婚礼，甚至没来得及多陪陪怀孕的妻子，没想到这次出发竟成了永别。

教导员赵万昆刚刚把女儿随调到西昌市上小学，忙于工作的赵万昆时常提起，答应陪女儿去游乐场的愿望一直没能实现，如今竟成为一个父亲永远无法兑现的承诺。

发生火情时，正赶上四中队中队长张浩半个月一次的轮休。张浩的父亲患胰腺癌，已经是晚期了，母亲又患上了甲状腺肿瘤，平时带老人看病和家务全由妻子承担。张浩本想利用短暂的轮休稍稍弥补一下对家人的愧疚，但接到命令后的他没有一丝犹豫，穿上战友送来的防火服登车就直奔火场。妻子张越脑海中丈夫留给自己最后的画面就是那个印有"中国森林消防"的坚毅背影。

没有人生而伟大，只是有些人做出了伟大的牺牲。西昌森林消防大队营区的笑脸墙上，每一张年轻的脸庞都青春洋溢、笑容灿烂。一次次赴汤蹈火的逆行、一个个冲锋在前的身影、一生无怨无悔的追求……这一切，都凝聚在27名森林消防指战员初心不改、忠于使命的热血年华之中。27名牺牲指战员的平均年龄只有23岁，1位"80后"，24位"90后"，2位"00后"。

"鲜活的年轻生命就这样没了，可恶的火魔。"4月2日清晨5点整，一名牺牲消防员的母亲在朋友圈这样写道。她的儿子丁振军出生于1997年4月，二十出头的年纪在凉山森林消防支队中也还排不上老么。

杨瑞伦在3月30日与家人最后一通视频通话的结尾是："马上走了，去救火了。"视频挂断后，听惯儿子救火的父亲原本"觉得无所谓"，直到第三天凌晨接到武装部队的电话，才知道儿子被大火吞噬。22岁的杨瑞伦一有时间就"啃"书本想考学，他的父亲没想到儿子的这一次救火竟是有去无回。

同样在3月30日曾和妈妈上网视频聊天的消防员康荣臻也在这次大火中不幸牺牲，康荣臻执行任务的时候从来不告诉家人，只是上山救火任务完成后会发一个朋友圈向家人报平安。

29岁的孔祥磊当森林消防员还差八个月满12年，他本想在任务期结束后就与相恋多年的女友订婚。如果不是这场火灾，2019年12月底他就可以退役回家。孔祥磊本计划回家以后买几头牛、种点果树，希望干活养家，让父母和妹妹过上好一点的生活。

26岁的汪耀峰准备今年贷款给父母在武汉买一套房；20岁的张成朋本打算完成任务后向暗恋3年之久的姑娘表白；还有20岁的张帅、康荣臻，21岁的陈益波、22岁的赵耀东，他们的梦想是把森林消防当成一辈子的事业……这些都成了他们永远的遗憾和牵挂。

甘肃籍消防员王佛军年龄最小，还不到19岁。王佛军是在队伍转制时主动选择留队的，平时他最喜欢拉着老兵讲火场故事，还说以后要把自己的故事也讲给新兵听，阳光活泼的他，青春永远定格在了十八岁。前往救火现场时王佛军发了一条朋友圈："来，赌命。"是啊！在血与火、生与死的考验面前，必须要以刀山敢上、火海敢闯的忠诚担当为人民生命财产筑起安全屏障。来，赌命！赌赢了，便是事后的一次笑谈；赌输了，便是生命的最后一次离殇。

心中有信仰，脚下有力量。初心如磐、使命在肩，挺起的是精神的脊梁，践行的是对党的誓言，守护的是人民的幸福，成就的是无悔的人生。四中队班长高继垲被战友们称作"拼命三郎"，2017 年总队年终考核五公里越野时，高继垲扛着中队队旗给大家打气："兄弟们，中队今年争先进，成败在此一举，大家一定要努力跟上，为这面旗帜增光添彩。"一席话把身边的队友说得热血沸腾。最终，中队五公里越野考核在支队拔得头筹。后来，这面旗帜因为有些老旧被替换下来，高继垲找到胡显禄："指导员，我想把这面陪伴我们南征北战的旗帜收藏下来做个纪念，不管平时训练有多苦，在火场上有多艰难，看到这面旗帜我就觉得浑身充满力量。"2018 年 9 月 29 日，队伍正式转隶移交，他拿出那面带有武警字样的旧队旗深情地说："大家都在这面旗上签个名吧，不管队伍怎么改，四中队的旗帜永远不能倒。"在去年扑火作战和大比武中，高继垲敢打敢拼、表现突出，连续两次荣立三等功，正在准备提干，他想把一辈子奉献给森林消防。参军 7 年的高继垲是西昌森林消防大队四中队的老班长，如果不是这场森林大火，他将于明年与女友结婚。4 月 1 日的晚上，亲友的电话将噩耗带来，高继垲也"爽约"了和女友的婚礼。

"最后一碗米，捧去做军粮；最后一个儿，送去上战场。"为了神圣的职责和使命，有一种牺牲比自己赴死更令人肝肠寸断。刚刚退休的刘佰利当了一辈子森林消防员，他唯一的儿子也在牺牲名单之中。刘代旭高中时就是国家二级运动员，在父亲的鼓励下，他报考了森林消防院校，几个月前，刚分配到西昌大队担任排长。作为与火魔打了几十年交道的老兵，刘佰利十分清楚火场的危险，却未料到生离死别如此猝不及防。面对媒体采访时他只说了一句话，那就是：自己的儿子和其他战友们一样，都是普通父亲心中悲痛难舍的骄傲。

"晨光熹微，森林消防员们再次踏上征途。有人说：'世界那么大，必须去看看。'对森林消防员来说，用双脚丈量过的林海，就是他们的全世界。"这是代晋恺写在《7名森林消防员命悬一线逃生记》里的话。在冲天火光里，代晋恺用相机记录着真实的战斗状态。他想让更多人走近森林深处的战友们，了解这群年轻人在和平年代的默默坚守，看到他们脚底手心的血泡，看到满身烟尘的他们站在青山里露出的朴实纯真的笑容。与他相熟的央视记者说："那个年轻娃娃的离去，让我醒悟，邮箱里那些打火扑救的稿件，每一篇都有千斤的重量，因为每一场战斗都是生与死的较量。"就是这些普普通通的森林消防指战员，在人民群众最需要的时刻，刀山敢上、火海敢闯，用青春热血乃至生命，谱写了一曲曲感天动地、气壮山河的英雄赞歌。

1972年8月，杨达瓦出生于木里县乔瓦镇卡拉乡，和乡里其他藏族小伙伴一样，他的童年，满眼都是大山和森林，他就是木里大山里的森林之子。从西昌林业技校毕业后，杨达瓦到了木里县林业局参加工作，此后，他的命运就与森林紧紧系在了一起。还有在木里土生土长的捌斤，他是一名有10多年党龄的老党员，大家寻找到他的遗体时，他手里还拿着开路的弯刀，通过弯刀、干粮包和毛布绑腿，村民认出了他，这是山里人进山入林的老把式。来自四川省达州市大竹县的邹平，远离家乡管护着木里的片片森林，家乡人民以这样让人难过的方式认识了他。如今，森林之子，魂归森林。更令人悲痛的是，4月4日15时许，搜寻队在喇嘛寺沟口附近发现了四川省木里县林业局第三管护处副主任王慧蓉的遗体，经现场判定，王慧蓉是在前往火场搜救失联人员后，独自返回途中从山坡滑落摔跌致腰椎骨折，骨折片刺破血管，造成失血性休克死亡的，享年50岁。

为有牺牲多壮志，为国捐躯重如山。应急管理部党组批准追认牺牲的27名指战员为烈士并追记一等功，与此同时，追认其中的11名共青团员为中共党员，给予其最崇高的政治荣誉和最高褒奖。四川省人民政府授予壮烈牺牲的木里县林业局局长杨达瓦、川林五处职工邹平、立尔村村民捌斤烈士称号。

松涛呜咽，群山肃立。4月4日，四川木里森林火灾扑救中英勇牺牲烈士悼念活动在西昌市隆重举行。经请示国务院，四川省凉山州西昌市和木里县下半旗向烈士致哀。现场庄严肃穆、哀乐低回，习近平总书记、李克强总理、韩正副总理等党和国家领导人向 30 名烈士敬献花圈。王勇国务委员代表党中央、国务院向在扑火战斗中英勇献身的英烈们表示深切的哀悼，并向烈士亲属表示诚挚慰问，向参加火灾扑救的全体同志致以崇高的敬意。应急管理部党组书记黄明致悼词，四川省委书记彭清华讲话。参加活动的社会各界人士和群众超过万人，与英雄家属、战友一起祭奠扑火英烈，应急管理部同步组织悼念，派专人护送烈士骨灰返乡，西昌市的干部群众沿街洒泪送行，各地政府举行隆重仪式迎接英雄回家，表达对烈士的敬意和哀思。

救民于水火，助民于危难，给人民以力量。烈士赴汤蹈火的英雄壮举感动了当地人民群众，感动了几百名采访的媒体记者，感动了收看悼念活动的亿万观众，感动了全中国华夏儿女，根植在中华民族内心深处的家国情怀被点燃，迸发出无比强大的凝聚力和正能量。各地干部群众、社会团体等数十万人自发组织各种形式的悼念活动，全国关心、关爱消防指战员的动人故事不断涌现，上百名文艺工作者含泪为烈士创作了十余首歌曲和百余篇诗歌，被广为传唱和传诵。"一个有希望的民族不能没有英雄，一个有前途的国家不能没有先锋。"其中舍身为民的 31 名勇士成为夜空中最闪亮的星辰，成为新时代年轻人学习的楷模，他们的英雄壮举将作为共和国宝贵的精神财富永载史册。

二十五

　　当一个人走得太突然的时候，身边最亲密的人的意识可能是跟不上的，总感觉他没走。在代晋恺刚离开的那几天里，程雪力就感觉自己一直在这种状态里。

　　4月2日战友们的遗体从山上送下来的时候，准备去拍摄的程雪力就在办公楼前面喊："代晋恺带上相机跟我去拍片。"当时楼前所有人都看着他，他半天才反应过来。追悼会的那天，有个记者问他有没有多余的相机，程雪力脱口而出："代晋恺那里有。"结果一抬头，代晋恺的遗像就挂在前面。看着亲密的战友离去，伤心欲绝的程雪力在微信朋友圈中发了一条消息："近期不接受任何采访，也不写稿。"他说，要把时间和精力放在陪战友家属上。

　　程雪力和代晋恺在2018年9月份改制的时候就做了一个约定，他们约好一起记录西昌大队，记录发生在战友们身上的故事，记录大家生活中的点点滴滴，记录那些火场上的艰难困苦，那些微小的、微妙的、普通的、平凡的、不为人所知的人和事……他们计划拍一些、写一些让大家可以用一辈子去记得、去回味的东西。因为改制，大家从军人变为消防员，这两种职业虽然不同，但是对大家来说都是挺自豪的，无论是军人还是消防员，都是他们一辈子引以为傲的经历，而大凉山都是大家难以忘怀的"第二故乡"。

　　这个约定就像他们两个人一起的誓言一样，从约定好那天起，他们俩已经开始陆陆续续地记录了。平日里他们会抽出更多的时间去西昌大队；上到火场时也喜欢跟着西昌大队。程雪力觉得,西昌大队这支队伍在他心里是最会灭火的队伍,甚至没有之一。因为他们打的火,可以说在全国的森林消防队伍里面是最多的,他们面临的危险也是最多的。

西昌森林消防大队这支队伍绝对是一支不一般的队伍,仅有74人的队伍,自2002年组建以来,已经出动兵力达11300余人次,成功扑救森林火灾150余起,完成防火执勤340余次,执行抢险救援任务27次,疏散遇险群众27000余人;也不仅仅是因为他们连续9年被西昌市委、市政府表彰为"森林防火先进单位",先后被凉山州委、州政府评为"抗震救灾先进集体""拥政爱民先进单位"。他们的不一般,在于每一次面对火险,每一个人都选择向火前行,因为他们知道,他们身后是父老乡亲的家园!他们的不一般,在于每一次临危受命,都无惧火海凶险,因为他们知道,森林消防员这个职业从来都不是懦夫的领域!

夜深人静时,张军闭上眼,大家奔赴火场的一幕幕往事浮现,整夜睡不着。张军想过辞职,家人也劝他换个工作。但张军说:"作为老大哥,27名战友我带出去了,没带回来,这种自责,别人很难理解。"

"如果辞职了,那不就怂了吗,我可能一辈子都过不去心里这个坎儿。"张军那段时间压力大到直不起腰。

左思右想,他打定主意,带着剩下的兄弟干下去,因为自己还活着。

程雪力最希望的就是代晋恺超过他。在程雪力的心里,他所熟知的这些报道员里,代晋恺是最勤奋的,也很有天赋。在森林消防队伍里,当报道员不能吃苦是不行的,在火场上打火的时候,报道员背着摄像装备和给养物资跟着灭火队员上山打火,队员们打火的时候就拍他们打火,队员们休息的时候就拍他们休息,队员们转场的时候就拍他们转场,不管打了几天的火——3天、4天或5天,队员们回来,洗澡的时候就拍他们洗澡,吃饭的时候就拍他们吃饭。直到队员们都睡觉了,夜深人静的时候报道员还在写稿,不停地工作,就因为这样,大家才看到了这些灭火队员的付出、收获、艰辛,这些发生在大山深处、茫茫林海里的一切能传递出来,报道员在背后承载着更多的艰辛。

但信息传递出去之后让外界知道和理解就是报道员最大的动力，你的兄弟和战友在前方出生入死，你把大家这种出生入死的画面记录下来，告诉他们的父母妻儿，告诉他们的同学朋友，告诉关心、关爱着他们的党和国家、人民群众，那是一件无比荣光和有意义的事。

周振生成为一名报道员，很大程度就是受了程雪力和代晋恺的影响，每次到深山里去扑火的时候，看着沿途的风景，还有林子里的参天大树，周振生就会不自觉地举起相机，随便拍一张，都是很美很漂亮的画面，让人心旷神怡的。有时，他会对着群山放开嗓子呐喊，而后再欣赏自己的回声。

代晋恺走了之后，每当遇到困难的时候，或者遇到自己有什么东西弄不好，能力不足拿不下来的时候，他就会想，要是代晋恺还在的话，自己就不会那么辛苦，自己也不会做不好。周振生和代晋恺睡在一个屋，以前每天早上一起床，周振生就会习惯性地看一下对面的那个床，看代晋恺是不是起来了，或者是不是还在睡懒觉什么的，但是现在已经看不到了。

代晋恺有一个梦想，他想完成一个大作。在森林消防队这么多年，生活中的点点滴滴，火场上的艰难困苦，发生在战友们身上的故事，他期望能写出自己心里面想要的作品。但是，现在这个梦想随他而去了。

代晋恺走了之后，周振生一直记着代晋恺的这个梦想。他努力地学习、成长和进步，他坚持着继续下去，就想等有能力了之后，按照自己的理解和想法帮代晋恺去完成这个作品，实现他的心愿。

周振生时常会幻想，27 名烈士和身边那些森林消防员一起，换上一身红色的灭火服，逆风出列战斗在火场上。但那仅仅是幻想，幻想过后的现实总是更让人难过，他很想跟代晋恺说："二哥我挺想你的，真的挺想你，想归想，我也会接过你的接力棒继续背起相机，继续冲向最前线，去拍摄、去记录，写更多的稿发出去，让更多的人知道我们。你的大作我记着，虽然现在能力有点欠缺，但是我会努力提升自己，去完成你的大作，等完成那天我再去看你。"

二十六

兄弟们，虽然你们已经走了，但你们的精神永在！我们一定会坚持走下去，把你们用生命换来的这面旗帜扛下去，用成绩和奉献来回馈国家，来回馈关心、关爱我们的人民群众，我们也会尽我们最大的努力去照顾好你们的家人，请你们放心。

4月6日17时，木里县雅砻江镇立尔村火场发生复燃，木里大队、直属大队99名指战员刚刚含着眼泪送别27名战友，就要重整行装、擦干眼泪、重回战友牺牲的火场。

回火场前，颜金国给大家做战斗动员："27名烈士刚刚回家，他们的战斗事业我们还没完成，他们还在看着我们……"颜金国心里顾虑很多，他担心指战员们情绪低落影响战斗精神，还怕大家心里有阴影发生安全问题。可他没想到，全体指战员上到火场个个像打了鸡血似的，见火就冲。看到这些，他感受到了大家内心的悲痛、刚强和使命交织在一起的强大力量，他觉得低估了大家。"火场从来就不是懦夫的战场，我们永远是一把上得去、打得赢的灭火尖刀。"王二强说的一句话让他记忆犹新。

代晋恺走了，周振生永远失去了那个每次都让他留在家里写稿发一下就行的"二哥"了。这一次，轮到他跟着先头队伍一起上山，来到了那个让31条生命逝去的大山，快到山顶上的时候，周振生拍了张照片，大山上冒着烟和火，队伍沿着火的方向蜿蜒前进，那一瞬间，他感觉只能用悲壮来形容，就是明知山有火偏向火山行的那种悲壮。

面对烈火，森林里的野生动物本能地四散奔逃远离危险，尽管它们也不一定能逃脱危险。森林消防员是迎火而行直面危险，所以大家更不一定能避开危险了。天有不测风云，突然发生的险情变化，有时候真是不可抗逆，这也是全体森林消防员都不愿意遇到的，但大家都知道，人的力量与大自然的力量相比还是比较渺小的。

当晚，队伍机动 6 个小时，第二天一早又走了 8 个小时，到达火场后大家发现，火场已经从原来的位置越过了一个山头，零零散散地在陡坡上燃烧着，队员们走在森林里，两山夹一沟的危险地形，各种因素考验着这支队伍。这一切对于习惯了丛林的凉山支队森林消防指战员来说不算什么，一个跟着一个穿梭在森林深处，他们一个个对森林很亲切，很熟悉，像一只只灵敏的山猴，不断跃过横在前面的障碍，速度飞快。

在森林里穿行是非常耗费体力的，好在这片森林树木高大，阳光都被密集的树冠遮挡，地面因为没有多少阳光滋养，灌木不生，杂草不长，除了裸露在地面的巨大树根外，就只剩下厚厚的枯叶，还有厚厚的腐殖层，空气中弥漫一股树叶和淤泥腐烂的臭味，寒冬过后的森林深处并不如外表看上去美丽。

在前线指挥部的科学部署下，指战员们就像攻营拔寨一样一个一个消灭火点，处理一个一个烟点，天很快暗了下来，要返回山下休息费时费力，森林消防员找了一处宽阔沟谷过夜。

就在凉山支队扑打复燃火的同时，4 月 7 日 16 时，凉山州冕宁县腊窝乡腊窝村发生森林火灾，冕宁县位于凉山彝族自治州北部，发生火灾的腊窝乡位于该县西南部，森林覆盖率达 41%。随着火势扩大，四川总队攀枝花支队、成都大队紧急赶往冕宁县进行扑救。

黑夜里，月光如水似纱，轻拂着大地的一草一木，晚风有些清冷，吹动树叶发出沙沙声响，周围渐渐安静下来。虽然没有电、没有网，可周振生还在撰写着队友们的英勇表现，他感觉这一群人太可爱了，大家的这种可爱表现在他们风餐露宿，在外面吃了很多苦，只想尽快地把这火扑灭。大家在火场上有一种忘我的感觉，不管是摔倒或者是被树枝刮破皮、被石头砸了一下，有时候都感觉不到疼痛，队员们的眼睛里、心里、整个脑子里就只有火，就是这种忘我的精神让他记忆深刻，所以他感觉每次记录都非常有意义，扑火队员把火打灭很有意义，他把大家打火的过程记录下来，也很有意义。

"他们还敢在那个院子里住啊。他们这么多兄弟走了。"

"那个山里面死了那么多人，你们还敢上去吗？"再上到火场，总能听到一些闲言碎语。

"什么破烂玩意儿，上面那都是我们的兄弟，我们的兄弟在山上，更会保佑着我们，保护着我们，我们还能害怕自己的兄弟？我们的兄弟还会害我们吗？我们的兄弟都是英雄。"冷建春听到后很气愤地说。森林消防员见不得被山火烧伤的人，听不得别人说哪场山火烧死了人的话。这是他们的职业病。

历经过一次次危险，看到过危险夺走一个个生命后，不管是想着劫后余生也好，自我调整也罢，自己还是要做这个事情，自己身边还有其他兄弟，他们还要继续并肩战斗，不管遇到再大的危险，再多的苦痛，森林消防员们只能默默地和大家一起承担下来，迎接下一场火灾。当下一场火灾到来的时候，即使对上一场火灾还心有余悸，但是也不可能不上，因为自己就是做这个事情的，因为这个世界上有一些事情，总需要有一些人去做。

4月8日上午6时，腊窝乡火场，攀枝花支队、盐边大队指战员奉命赶到东线山梁处置火情。下午两点多，简单糊弄了几口干粮的指战员进行了暂时的休整。连续的奔波和扑救，每个人的脸更黑了，嘴皮也破了还带着血痕。随队行动的政委肖明远掏出了一个橘子，这是他一直揣在兜里一路从山下带上来的，拿出来的时候还是暖暖的。肖明远把橘子剥开了，一瓣一瓣地传给坐在一起的指战员，也把浓浓的暖意传递到了每个人的心底。上甘岭上，一个苹果在战士们手中流转，谁都不愿意咬上一口，这种同甘共苦、共克时艰的精神作为红色基因一直在森林消防队伍中传承。

4月9日天一亮，攀枝花支队的指战员就展开了腊窝乡林火扑救。清晨，浓烟笼罩着山岗，仿佛是氤氲不散的雾气。坡地上，和花椒套种在一起的玉米刚刚发芽，风中不时送来阵阵烟火的味道。村民们说，大约从去年9月底，当地就没有下过一场雨。天太干了，庄稼只能用地膜覆盖保水。

山坡上的三处火点时快时慢地燃烧着，忽然起了一阵乱风，火点冒出的浓烟的方向也不断变化，三处火点很快变成了四处。

"同志们，我们现在所在的冕宁是烈士赵万昆的家乡，咱们打起精神来，坚决不能让林火继续蔓延了。"灭火间隙，攀枝花支队三中队指导员呼千凡再次做起了战斗动员，队友们也一起分享着和烈士们曾经在一起生活、工作的点点滴滴！

班长付绍昌曾与烈士高继垲一起带新兵，预备消防战士夏达堂与烈士辛更繁老家相距不到10分钟车程，而烈士蒋飞飞是呼千凡入职消防队伍的引路人……队友们你一句我一句述说着英烈的故事，战斗激情也被一次次点燃。参加行动的指战员克服了诸多困难积极投入扑救，在他们内心深处已经把这次行动视为铭记遗志、慰藉英灵的自觉。

成都大队负责的火线上的火也被大风助燃了，原本就要被大家制服的地表火头一下子燃烧成了树冠火，在树冠顶部摇摆几下后又形成飞火顺风飘去。

"危险！"发现情况不对，成都特种救援大队二中队班长罗泽彬立即提醒周边的队友。

火势仍在增强。仅凭感觉，罗泽彬已经无法估计火势的发展会是怎样，可是他知道火势还在增强，他们所在的位置不安全。不远处，两名刚进入消防队伍两年的新消防员乱了阵脚，一时间不知该怎么办才好。

"往火烧迹地跑！"罗泽彬大声呼喊让他们转移，风逼得罗泽彬透不过气，让他难以呼吸，因为它灌进嘴巴和鼻孔里，还夹杂着草木被烧后的杂碎，把他的肺塞得像气囊一样，并击打着他裸露在外的脸皮。

情况紧急，火很快烧到了大家所在的小路上，但在火到达前，罗泽彬和队友们已经快速转移到了火烧迹地并成功避险，看着火烧过那一刻，几名队员表情凝重，大家都仿佛感受到了27名牺牲的队友所经历的那种情况。

森林消防员们依托队员们背来的和地方百姓供应的水扑打着火点，火场不远处的一个泉水井边，成都大队森林消防员徐先龙打满一桶水，很快背起水桶消失在密林中，从取水点到火场他要背着 40 斤的水桶步行 30 分钟。这口泉水井是这个起火点附近唯一的水源补给点，很多村民也从这里背水上山供森林消防队员们灭火。腊窝乡发生森林火灾后，周边的村民组织到火场进行扑救和支援，村民们主要负责给专业队带路，配合专业力量做好后勤工作，同时背水、砍隔离带、灭余火，等火扑灭后还负责看守火场。

"嗡嗡嗡，嗡嗡嗡。" 4 月 9 日下午，正在火场随队拍摄的李从林听着自己的手机在裤兜里执拗地响着，一遍又一遍，似乎非要他接不可。李从林是攀枝花支队的新闻报道员，和牺牲的烈士代晋恺一样，他的使命就是还原现场，记录最美逆行。今年以来每次增援灭火行动，他都参加了，为了一张照片、一个镜头，每次他总跟随队伍冲在第一线！

"三儿，你在哪里？安全不？吃饭了没？……"视频里，母亲的一长串询问，问得李从林不知从哪答起！母亲 63 岁了，她知道小儿子是森林消防员，从事着光荣的事业。这次听说他到冕宁出任务了，心中始终难以安宁，打听了一圈，了解到现在微信是最好的通信工具，不仅能对话还能看到人，于是她专程从乡下赶到贵阳让大儿子给她注册了微信。虽然微信功能多样，可她识字不多不会发文字，只会开关视频！不过对她而言，这已足够！这天好不容易和小儿子联系上，看到蓬头垢面的儿子，她不住地叮嘱着。

"安全安全！安全着呢，不用担心！"简单的答复让老母亲安了心，李从林挂断了视频，突然接到的这个视频电话，让李从林差点掉下了眼泪。

那天晚上攀枝花支队的指战员继续在野外露营，天空中仍然漂着浓烟，下着零星小雨。疲惫了一天，李从林钻进了被窝。没过多久，朦胧中听到一个消防员在给女朋友交代办理结婚手续的事宜。那个消防员告诉女友需要的手续格式已经发到邮箱了，嘱咐她抓紧去办，自己这边也向组织提交了申请，只要审核过了就可以结婚了。

结婚，这是多么美好的事情，每个人都心向往之。李从林本想钻出被窝简单采访一下那个战士，可那位战友却转身走了。一早起来，他又继续寻找那个战友，询问了几个中队的战友都说不知道。由于这次参加行动的单位较多，大家也都忙于各自任务，李从林就不便再加打扰，只能在此祝愿这位战友与爱人相爱相守、白头偕老！

4月11日，在森林消防队、地方扑火队和百姓们齐心协力的围攻下，立尔村火场大的火点、烟点被扑灭，只剩下几处悬崖火迟迟不肯熄灭，这种非常难扑打的火不大，威胁却不小，因为山高坡陡，树干或者腐木烧到一定程度会自行断裂，带着火星滚落下山，滚过之处都可能引发新的火场，这次的复燃火很有可能就是这样引起的。

必须尽早把这些悬崖火全部清理干净，不能让我们牺牲的兄弟战友牵挂，让他们在天堂好好安息。前线指挥部决定派出几只小分队利用攀登绳做好防护，把这几处悬崖火斩草除根以绝后患。木里大队六中队班长王刚、五中队班长王二强、李国都和直属大队几名班长站了出来，他们带着队员吊着攀登绳彻底清除了所有悬崖火。当晚，重返立尔村火场的凉山支队99名指战员圆满完成对复燃火的扑救任务，安全归建。

连续在火场扑救了一个周，冕宁县腊窝乡腊窝村的火灾还没有被全歼的迹象。罗泽彬和队员们整天追着火打，一周没有洗澡换衣服，有的甚至一周没有好好洗上一把脸、修一修胡子，一个个看起来沧桑了许多，二十来岁的小伙变成了四十来岁的大叔样。更难受的是抽烟的同志所带的烟也抽没了，这时要是谁还能掏出一支烟来，队友们谁也不嫌弃谁，你一口我一口地接力吸着一支香烟，虽然感觉很"造孽"，但大家却抽得很香很得劲。

冕宁县腊窝乡火场的火迟迟不灭，4月14日傍晚，短暂休整了几天的凉山支队100名指战员在仲吉会、颜金国的带领下，紧急向凉山州冕宁县腊窝乡火场机动实施增援。

"你们一定要注意安全，平安归来。"

"你们辛苦了。"

车队在路口等红灯时，群众温暖的叮嘱宛如一股暖流流淌在消防员的胸口。队伍出发时正值晚高峰，长长的编队在车水马龙的街头格外惹人注目。人民对大家的关心和认可就是森林消防指战员前进的最大动力。

面对大火，面对灾难，面对这种非常艰苦的环境的时候，其实每个人都会害怕，心里会产生恐惧，但是森林消防员身着这身消防服，就有这个职责、有这个使命。在人民群众的祝福声中，队友们的相互鼓励中，每个人都不自觉地感觉到自己就是来干这个事情的，这事就得自己来干，自己不干谁来干？

"各带车干部要提高警惕，提醒驾驶员谨慎驾驶，尤其在过弯道时，一定要降低速度，稳妥前行。"一有险段，坐在头车里的仲吉会就会通过对讲机叮嘱。车队在崎岖的山路上缓慢行进，不时会遇到近90度的弯道，让人看着心都提到了嗓子眼。每次出警，不管谁带队出征，把任务完成好，让兄弟们平安归来，就是凉山支队党委一班人最大的心愿。

凉山支队抵达火场增援后，火场上集结的四川省森林消防队员、地方专业扑火队员、林场职工、民兵及地方群众近900人，夜以继日地穿行在这片被大火留下伤疤的土地上，经过9天9夜的奋力扑救，4月16日10点，火场的明火全部熄灭。

二十七

时间虽然可以冲刷一切，但有些创伤却难以轻易抚平。失去亲人的那种疼痛是什么药都止不住的，那是一种真正的"凌迟"。对牺牲烈士的家属来说，他们对儿子、对丈夫的思念是何等的疼？

张浩刚走的那段时间，张越总是无意识地拿起手机，总想着张浩怎么还不给她发信息啊！

这种感觉她曾经也有过一次，那是几年前张浩到北京去集训的时候。三个月的集训期里所有参训队员的手机都被集中保管起来，只有周末才会发放使用，张越经常联系不到张浩，只能等周末张浩打回来才能有一次难得的长聊。

如今，张越给自己制造了一个假象：他在忙，没时间理我。她还是会像以前一样想起什么，就给张浩发个信息。

其实，这也相当于是自欺欺人吧，因为张浩的两个手机都在张越兜里，信息从她自己的手机上发出去，另一边她兜里张浩的手机就响了。

张越基本上每周周末都会去西昌烈士陵园看望张浩，就像她之前周末会去西昌大队看望他那样。物品乱了、落叶多了需要打扫卫生的时候就收拾一下，没什么事儿就陪他坐一会儿，给他放放音乐。张浩生前喜欢唱歌、喜欢听歌，张越把他以前喜欢的歌都下载下来，静静地陪他坐一会儿听一会儿。

张浩的微信、QQ等社交媒体张越都一直帮他维护、使用着，张浩29岁生日时，她帮丈夫更新了一条朋友圈。张越想把自己的状态调整好一些，等张浩父亲的身体状况好一些的时候，带爸爸出去走走看看，到时候发些风景或其他的给他看一下。

与张越不同，康荣臻的姐姐康辉再也看不到弟弟的朋友圈了，因为弟弟的朋友圈设置了"三天可见"，再也没更新了。最后一次和弟弟聊天，康辉记得是农历二月初二，弟弟生日，她在微信祝他生日快乐，还叮嘱他："当了消防员，万事小心，我们家人都会陪伴在你身边，凡事照顾好自己。"如今，康辉也不太愿意去翻看朋友圈了。

代妈妈也会给自己一个假象，她常常想想儿子还在西昌当森林消防员。只有这样想她心里面才会好过一点，因为在队里就不可能跟家人天天生活在一起。代妈妈有时候突然会下意识地想，我今天是不是跟代晋恺通个电话？于是她经常就会拿出手机，想跟代晋恺聊会儿天，但是当她把微信一点开发现很久没聊天了，这时候，一下子回到现实的代妈妈又不得不承认儿子已经离开了。于是她又伤心难过起来，伤心的时候她就难以理解儿子。内心很埋怨他把工作看得那么重："你就没想到还有个妈妈吗？你那么拼命，就没有考虑一下，有一天你不在了，我们这个家就塌下来了。"

但代妈妈从来没有责怪儿子，她知道代晋恺也没有想到自己会离去，他也舍不下父母和亲人，他的突然离去是谁也无法想象到的。代妈妈身体不好，代晋恺怕母亲有什么意外，虽然长期不在家，但还是会时刻关心着母亲的身体，休假的时候他会把代妈妈的手机的"SOS 紧急联系人"设好，代妈妈打车外出太晚他都能知道，会第一时间打电话问："妈，这么晚了，你现在到哪里去？"空余时，代晋恺还不时地给母亲织条围巾、做个手工制品什么的，心灵手巧的儿子一直是代妈妈的骄傲。

可能人在苦难面前的情感都是双面的，更多的时候，代妈妈还是很理解儿子的："孩子就是太热爱工作了，像他所说那样，能把队友们那种在火场上的付出记录下来、写出来，让大家知道有这么一支队伍。他的所作所为就是有意义的。"看着国家、社会、百姓对他们的关注，她感觉到代晋恺的一生虽然就短短的 24 年，但是活得很精彩。别人把烈士们当作英雄，代妈妈也把儿子当作自己心中的英雄，尽管她不希望儿子做英雄，只希望他平平安安的，做一个平凡的人。

"小猪，我会好好的，你不用牵挂，好好做自己想做的事情。"代晋恺走后，代妈妈想着儿子最牵挂的就是他的工作和自己，这时她就会提醒自己要好好地活，她现在很想告诉他："小猪，你在天上要好好的，你放心，放心妈妈，我会好好的。"

一场大火，将时间分割，这头是无人应答的呼唤，那头是曾经一起奋战过的高山林海、烈火云烟。战友们离去的那一个月对程雪力来说是煎熬的，回忆是一条没有尽头的路，牺牲的那些战友，随便叫出一个名字，就能聊很久，他试过写下战友们的故事，但整个人都是"懵的、晕的"，每次他把手放到键盘上，没打几个字，又开始感觉"实在是有些心疼"……关于那场大火，他仅在微信朋友圈留下了这样的只言片语："以前，觉得编号有些长，记不住。现在发现实在太短，不够记。我是01，02没了。昨晚我把编号交给你父母，我们合了影。到了凌晨3点多的时候，听到二楼脚步声，又习惯性地喊出你的名字……"2019年5月，他写道："那些深山暗夜，只有你和我知道，面对你，有笔，有相机，远远不够。"

森林消防员们最喜欢看到的就是蓝天白云、绿水青山，看着一棵棵参天的大树，看着一片片茂密的森林，看着绿油油的大地和漫山遍野的花花草草，还有一群群飞鸟走兽，看到这些景象，他们总是由衷地高兴。

"以前，程雪力感觉拍那个树也是人，拍那个人也是树，战友们就是里面的一部分。现在，他感觉战友就是天空中的那朵云，拍的那朵云就是他的兄弟。"

时间流去，却不曾消逝。森林消防营区里的这一群年轻人，每一次出发都可能一去不返，他们有的已经离去，有的还在等待下一次出发。毫无疑问的是，他们每一个都活得热烈。6月，程雪力写了一篇题为《这群向火而生的年轻人，每一次出发都可能一去不返》的稿子。那时候，他已经在火场上品味过被烈火烧伤后的疼痛，也在战场上经历过战友牺牲后的悲痛，体验过边远艰苦生活的酸甜苦辣。

二十八

灾难过后，队里的消防员之间形成了一种默契，谁也不会主动提起木里火灾，大家统一用"3·30"代替那件事情。27名烈士的家属和西昌大队这支"灭火尖刀"里的每个人都经历着一次漫长的心理重建，西昌大队还面临着队员的补充和各类组织的重组。他们首先迎来了新的教导员赵先忠，还有接任蒋飞飞的中队长冯颖，他俩都来自凉山支队。"在当时的情况下，来当教导员是一项艰巨的任务，没人愿意来。"赵先忠算是"临危受命"。

相比于临危受命的教导员赵先忠，冯颖算是重回故里。28岁的冯颖2014年毕业后以排长的身份加入了西昌大队三中队，那时的蒋飞飞是副中队长。

刚从学校毕业分配到基层连队，面对陌生的环境、陌生的岗位，冯颖陷入了迷茫，不知道该干什么，上级交代的工作也不懂怎么开展，还好同乡蒋飞飞就像一个大哥哥一样指导帮教于他。如今冯颖回忆起那段时光，感觉对蒋飞飞熟悉得说不出他哪里好，但又不管说到哪里都觉得珍贵。

蒋飞飞这个"领路人"将冯颖领进队伍建设大道半年后，冯颖调到了支队机关任警勤排排长。两年半后，晋升连职的冯颖又回到了三中队，与中队长蒋飞飞搭班子任指导员。

搭班子后冯颖和蒋飞飞的感情变得更深了，那时候他俩办公、住宿都在一个屋，每天吃、住、工作都在一起，随时都是形影不离，离开得久一点的时候就是休假。作为老乡的蒋飞飞每次休假归来，都给冯颖带回来一些老家特产，带回浓浓的家乡味。那段日子平常得就像空气，从没想过要珍惜。

他俩搭班子时最喜欢琢磨事，接过中队建设的大旗，坐下来聊得最多的就是工作，如中队的建设、队伍的管理、队员的发展……那一年，他们是普普通通的一对班子搭档，互相支持，相互鼓励。冯颖回忆道："那年我俩的目标就是争先进，经常加班到晚上十一二点，中队建设进步也很快，最后实现了目标，被总队评为先进中队。"

2018年6月，支队机关机要岗位缺人，全支队年轻干部就冯颖一个人受过机要培训，只有派他去了。冯颖怎么也想不到这一走，只不过短短一年，再回来会是以这样的方式接蒋飞飞的班。冯颖调走后的第二周，蒋队长把冯颖在中队的所有照片都整理好发给他，他是想让冯颖永远不要忘记大家。现在冯颖回来了，用的是蒋飞飞的办公桌，睡的是蒋飞飞的床，有时坐着坐着他就会想起蒋飞飞在这里工作的样子。蒋飞飞刚离开的那段日子，冯颖经常会梦见他，梦里全是快乐的画面。

刚到大队时，赵先忠最关注的就是队员们的思想和状态，他几乎每天晚上都要挨个查房，看一看队员们在干什么，他心里才踏实。但有的队员半夜三四点都睡不着，这让赵先忠心里面不踏实了。他左思右想，有时候凌晨两三点才能入睡，有时候一夜都迷迷糊糊地没睡着。

杨康锦刚脱险回来那段时间心情时常比较烦躁，他不愿意再回忆起那次的火场情景，也不愿意说太多话，更愿意一个人待着，一个人坐在那里呆呆地想着什么，一边想一边狠狠地咬着牙，空空地啃着什么，啃得很苦很苦的样子。他嘴上不说，其实心里每时每刻都在为每个牺牲的战友惋惜。赵先忠不时会找杨康锦聊聊，到了饭点，赵先忠都会晚几分钟进食堂，看到小杨在食堂前列完队后饭也不吃就返回了寝室，有的时候就算吃也吃得很少。

队伍虽然已经转制，但早操、操课、学习、训练等一日生活制度都依然按照以前部队的作息表执行。为了帮助大家进行心理调节，赵先忠想到先用"软制度"暂代原有的"硬规定"，让原先那些生活制度暂停，结合队伍的实际情况灵活调整作息时间和一日工作安排。他会有意多安排大家修修桌椅板凳、打打篮球、跑跑步、组织一些集体活动去转移大家的注意力，充实大家的一日生活，把大家从灾难中重新拽回到日常生活里。

西昌森林消防大队原有 76 人，27 位消防员在"3·30"森林火灾中牺牲后，补充西昌大队的人员成了张军和赵先忠面对的第一个难题。上级曾建议从其他单位调骨干过来，都被张军和赵先忠拒绝了。从外单位抽调骨干虽然比较方便，但不是大队一步步从新人培养起来的，感情没有那么深，也没有队员之间长期摸爬滚打培养出来的情感。在一场场任务中建立的信任在火场上非常重要，当了十几年指挥员，张军觉得一个消防员只要态度端正、责任心强，能力素质可以慢慢培养。他把原来在炊事岗位上或者其他岗位上的同志转到了班长、副班长的骨干位置上锻炼，等新招录的消防员补充进来后，这些班长骨干就是他们的"领路人"。

"3·30"后，一些队员家属对队员们的安危不免有些担心。九月份是老兵退伍季，有的满期消防员选择了回家，也有一些人主动请命回到前线。大队在尊重个人意见的基础上，也尽量做好大家的思想工作，争取让更多的人留下。绝大部分的消防员选择了留在这里继续干下去，他们感觉西昌大队就是自己的家，他们想让这个家重新回到往日那般。

"3·30"过后，一年前被调到支队机关警勤排的罗传远更想回归大队了，包括他的好友杨瑞伦在内的 27 名战友牺牲了，罗传远向支队领导请示："我想回到西昌大队，那里是家。"

罗传远和牺牲的战友杨瑞伦都来自贵州麻江县，一起来到异乡当森林消防员，两个老乡情同手足，平日里他俩用贵州话闲聊，畅想着回去了上哪儿自驾游，什么时候娶媳妇。如今，这些对未来的规划，杨瑞伦再也没法实现了。

杨瑞伦老家流行一种推拿术，罗传远偶尔感冒或者哪里不舒服，杨瑞伦就会帮他推一推、捏一捏，舒经活络，效果立竿见影。杨瑞伦买的衣服，罗传远看中就拿去穿，杨瑞伦还送给他一支牙刷、一件蓝色短袖。杨瑞伦牺牲后，这两样东西成了罗传远永远的纪念。

罗传远和杨瑞伦军旅生涯中很多个第一次都是在西昌大队发生的，第一次打火，第一次在部队过年，第一次因吸烟被批评……2018 年 1 月，还是新兵的罗传远和杨瑞伦把烟藏在衣服口袋里偷偷地抽，结果被老兵查到狠狠地挨了一顿批。再想起这些，罗传远只能一个人苦苦地笑。"3·30"后，杨瑞伦的父母来到西昌，罗传远接待了两位老人，他的眼泪止不住地往下流："心里太痛了。"

二十九

悲伤与彷徨的春天渐渐过去，森林消防局政治部编创的《四句话方针组歌》在西昌大队队员们的心里渐渐打开了一道缝隙，微弱的光亮照了进来，原有的沉闷终于有所缓解。

《四句话方针组歌》生动诠释了森林消防指战员们扎根边疆、奉献林海、忠诚朴实的高尚品质；讴歌了广大指战员敢打头阵、直面生死、赴汤蹈火的使命担当和积极投身森林消防事业、坚决扛起应急救援主力军和国家队历史重任的家国情怀和忠诚担当，分"对党忠诚、纪律严明、赴汤蹈火、竭诚为民"四个篇章。

烈火炼丹心，热血铸忠诚

新时代的森林消防队伍肩负着神圣的使命

高举党的旗帜，听从党的号令

步伐铿锵，誓言铮铮

我们的信念无比坚定

沿着党指引的方向

奋勇前进

奋勇前进

奋勇向前进

在一首《对党忠诚》的歌声中，西昌大队上了新的战场。

6月8日上午11时许，四川省凉山州木里县唐央乡因雷击引发森林火灾。唐央乡位于木里县北部边缘，距离木里县城200余公里。四川省应急管理厅迅速按照省委省政府的要求，启动应急响应，会商、研究、制定处置措施，派出工作组赶赴现场，并在第一时间安排凉山支队100人向火场机动。

6月9日上午9时10分，仲吉会带着直属、西昌、木里三个大队共100名指战员前往扑救，这是西昌大队自"3·30"木里火灾后第一次接到重要任务，队伍能否重上火场，所有人心里都没底。

"上，全都上，这道坎必须迈过去。"张军很坚定。

列队、换装、带齐所有装具，西昌大队所有队员全部向火场进发。一路上，队伍静静的，车里没有人说话。张军带头开路，赵先忠在后面押尾。到了山脚，经历过"3·30"木里火灾的队员面露难色，脚步放慢，小声问能不能不去。

其实张军也心有余悸，但作为一个指挥员，他知道自己就是所有队员心中的支柱，如果自己害怕了，那么在执行任务的时候就无法去与火魔抗争了。他要求自己，要求队员："我们不能恐惧，也不能害怕。"

张军理解这种心情，一闻到火场的味道，上次搜救牺牲战友的情景就又回来了。他承认自己内心也有恐惧，但任务必须要执行。

队员们能感知张军的紧张，张军也能感受到队员们的心理波动，每一步行动，所有人都非常谨慎。

当天晚上，队员们抵达火场的时候，天已经黑了下来。四中队一班的副班长郎志高下车后环顾了火场的四周，只见黑压压的大山里，不规则地分布着多个火点和烟点。有的地方不时爆出一团烈焰，有的地方持续地冒着浓烟，虽然没有很长的连续火线，但他感觉这片火场还是挺大的。

当晚，前线指挥部决定让大家在山脚充分休整，等第二天早早进山打火。那天晚上，队员们吃饭和住宿都是在车里解决的，大家就着自热米饭和一些熟食、罐头在车里简单解决了晚饭，渐渐睡去。

第二天一早，炊事员为大家煮了面条。吃完早饭，车队顺着山腰往火场前进。队伍到达半山腰的时候，能通行车辆的路到了尽头，大家只能徒步向火场开进。张军把大队的队员们编成很多个战斗小组，每个战斗小组向着各自划分的灭火区域前进，去找寻并清理火点和烟点。由于西昌大队人员比较少，张军把炊事员和驾驶员也都编进了战斗小组，他要把这些平时不怎么上火场的保障人员也锻炼出来。

由于不是连续性的火线，很多灭火机具使用不上，队员们主要利用背负式水箱背水灭火，还有的利用铁锹进行铲土掩埋。没过多久，大家背上去的水就被用完了。

火场附近唯一的取水点在山脚下，如果重新回到山脚去背水，不但费时费力，灭火效率也会大大降低。张军叫来了一名驾驶员，由他俩把大家的空桶拉上，开着车子回到山脚取水，一趟一趟地给队员们送水灭火。很快几处较大的火点和烟点被清理完毕，只剩下偏远一点的烟点还在冒烟，几名队员背着水拿着铁锹前去清理。郎志高和另一名队员去处理一处很小的着火烟点时，张军反复嘱咐，到了目的地先在对讲机里报告一遍，等处理好了再告知一遍。

"这种小任务在以前的话根本不会实时汇报的，但这次情况特殊，大队长担心我们。"郎志高和队友用铁铲把着火的树枝砍掉，挖个坑埋了起来，不到半小时就搞定了。

当天晚上，西昌大队的晚饭是直属大队的炊事员帮他们做的，吃过晚饭后西昌大队的队员们被安排在一个小村子里住宿。那个小村子离火场有一公里多的距离，六七户人家稀稀疏疏地分布在一个小山包上。虽然说是安排在村民家居住，但西昌大队有几十名队员，六七户人家是根本住不下的。队员们有的继续在车里将就着睡，其余的就在村民的院子里或者屋子的某一处空地上打个地铺。虽然不是床铺，但这对大家来说已经很满足了，因为在大山里打火能有这样的住宿条件已经很不错了。这比起在田间地头或者在河滩沟谷里过夜可是强多了，至少能遮风挡雨，也更安全、更有人情味。

第二天的任务是由仲吉会带着西昌大队和直属大队一同执行的，他们要完成从山腰到山顶区域的火场清理任务。队伍一直朝着山顶的方向边爬山边清理，清理山顶的时候，已经是下午四点左右。

在山顶，有若干个烟点和火点隐隐约约地燃烧着，但是大家行动非常迅速，若干个小组往不同的方向、不同的火点冲去，很快就结束了战斗。

傍晚时分，空气变得湿润起来，天空中的乌云慢慢地往山下挤压过来。

"要下雨了。"队员们在天气的变化里下了山。晚饭的时候，天上果然下起了雨，一滴滴雨水打在地上，给火场排危降温，给队员们接风洗尘。

有了雨水的加持，火场的情况持续好转。那一晚，凉山支队的队员们睡得很安心。等到第二天一看，火场果然变得安静平和了。

"可以回去了。"大家看到了返程的希望。

"山背后又烧起来了，所有人上车，我们需要转移到另一处火场进行扑救。"没过多久，大队长张军从前线指挥部那里得到消息后立刻安排了下来。多的话没有，车队又向新的目标点开去，车子跑了半个小时，到了山的另一边，弯弯曲曲的环山路上，大家看到了新的火场。

新火场位于一条环山公路的上方，这条路是在陡峭的山坡上硬生生挖出来的。路修好后，沿山侧的一面形成了陡峭的悬崖，悬崖上方，大火猛烈地在林子里燃烧着，不少被大火烧过之后变得疏松的石头顺着山坡滚下来，砸在公路上，发出刺耳的撞击声。还有不少被烧断的枯枝和倒木也滚落下来，横七竖八地散落在公路上，有的还冒着烟，有的火已经渐渐熄灭，灰溜溜地躺在地上。

"前方有滚石，所有车辆靠边停车。"出于安全考虑，车辆没有继续往前行驶，队员们又下车携带机具徒步前行。

山火还在燃烧，滚石还在掉落。道路上，滚石滑落扬起的灰尘，与林子里山火燃烧产生的浓烟在空气中飘浮着。

"快快快。"一名队员站在公路转弯处的一个角落上，边观察滚石掉落的情况，边指挥队员们穿过危险路段。没有滚石掉下来的时候，他就让队员们快速通过，一发现有滚石滑下来，他就止住前进的队员的脚步。大家就这样背着灭火装备，从碎石倒木林立的公路上冲了过去。

山势陡峭，直接上到火场的路被悬崖阻隔，不但上不去，还可能随时面临山石滚落带来的危险，绕到上面扑打又不现实，两山交界的这处火头，让西昌大队的灭火队员头疼。大家研究后决定，架设水泵把火势蔓延的前方浇透，建成隔离带，只要火不再蔓延，火烧迹地里的火烧完也就结束了。

说干就干，水泵手提着水泵往山沟走去，两山之间的深沟里，一个修路挖出的水塘成了大家的取水点，管带手背着管带沿着山谷将管带铺设开来，为了提高效率，杨杰、李玉兵、梁桂、郎志高4名队员直接跳进了水塘架设水泵，那一刻，在一旁组织的赵先忠很激动："队伍起来了，队伍的底子还在。"

队员们引水喷淋的同时，天空中也传来好消息，傍晚时渐渐沥沥下起了小雨。虽然雨下得不大，但发挥了大作用，火势渐渐变弱了，地方扑火队和群众一鼓作气扑灭了西北线的明火，火场只剩下多处火点和烟点，投入的1000余人的灭火力量慢慢撤了下来，在安全地带休整待命。

"恭喜大家，你们跨过这一步了！"灭火任务结束后，在营地进行"一战一评"总结会时，一位60多岁的心理援助老师上台给队员们敬礼、鞠躬。队员们也相互鼓励着，大家明显感觉到，在火场的三天时间里，从刚到火场时的时时惧怕、处处谨慎，到第二天的勇敢面对，再到后来，他们又找回了那个无所畏惧的自己。

三十

　　6月，在经历了那场很不平常的森林火灾之后，四川总队的队员又经历了一场突如其来的地震。6月17日22时55分，四川长宁发生6.0级地震，此次地震震源深度16千米，造成13人死亡、200多人受伤、14万余人受灾，部分水电、交通、通信等基础设施严重受损，四川又一次成为举国关注的焦点。

　　这些年，四川人对地震已经有点习以为常，但6.0级地震来时的凶猛，仍然让不少人心有余悸。

　　地震发生时，程雪力正在总队机关办公楼整理之前森林扑火的影像，突然感觉座椅剧烈摇晃起来，他条件反射地拿着相机冲下楼。凭直觉，程雪力觉得这场地震震级不小。2008年5月汶川地震发生，程雪力曾随队进入汶川震区救援，那段经历可以说改变了他的人生。

　　汶川地震那年，20岁的程雪力是一名新兵，他被派到了救援一线，可是他在抗震救灾一线却一个活人都没救出来。他的战友何键把遇难者抬出来后，才得知自己的父亲、爷爷、奶奶等8名亲人也在地震中遇难了，这个平时流血流汗不流泪的硬汉当场哭成了泪人。程雪力第一次见到一个男人哭成这样，走到何键身旁却不知道说什么。从震区回来的第二年，程雪力买了一台傻瓜相机，不是为了给别人拍照，只是单纯地想给自己的人生留下一些纪念。他没想到，那时候一个简单的决定，成了他之后一直沿着走的路。

　　长宁地震发生后3分钟，四川森林消防总队指挥中心启动地震灾害二级应急响应机制，应急救援准备工作忙而不乱地进行着。原本已经进入了梦乡的四川省森林消防总队成都特种救援大队的消防员们集结待命准备出动，这一次，距离较远的凉山支队没有被安排增援。

"地震出发。"当晚23时59分，队伍出发时，程雪力在朋友圈发了四个字，算是给亲朋好友报了个平安。

前往长宁救灾的森林消防员中，也有不少四川人，他们有的人家就在震中附近，成都特种救援大队驾驶员段维国的家就在震中长宁，听到电话那头的母亲说家人都跑出来了，他才松了口气。罗泽彬的家在珙县，距离长宁20多公里，震后家里人的电话一直都没有拨通，他的心一下子提到了嗓子眼，一直落不下去……

成都距离震中长宁400多公里，当天凌晨，四川省森林消防总队乘车赶到了长宁县城。抵达双河镇任务点后，无人机操控手于铭达快速架设无人机对受灾村庄展开空中侦查，搜集双河镇实时受灾情况和房屋道路受损信息。他及时将一线画面通过4G图传设备发送到位于北京、成都的指挥中心，为指挥中心掌握实时灾情提供依据。同时，现场还架设起视频连线设备，用于接受应急管理部、森林消防局、省应急管理厅调度。

森林消防队伍过去是以森林灭火为主要任务，此次前往震区的154名消防员，有不少之前从未到过震后的灾区。地震救援不像扑灭山火，他们这次携带的装备也完全不一样。"打火"工具主要有风力灭火机、水枪、2号工具、组合工具、油锯、水泵等；此次救援，森林消防队员携带了救生衣、铁锤、钢钎、液压扩张钳、气体探测仪、救生抛投器、千斤顶、切割刀、双向液压轮、毁锁器、电动液压钳等搜索、支撑、破拆和救援装备。

自2018年转制以来，在"全灾种""大应急""大救援"的要求下，队伍的任务也开始转变为应对一切灾害救援，其中就包括地震、山岳、水域等急难险重任务和特殊灾害救援任务。成都特种救援大队下设地震救援中队、山岳救援中队和水域救援中队。5月份，地震救援中队还前往北京凤凰岭国家地震救援训练基地进行了为期13天的培训。培训返回后，中队分成6个小组进行了专项训练和协同训练，此次长宁震后救援，则成为检验队员们培训和训练成果的首个实战场。

此次地震，虽然大部分房屋外观完好，但不少房屋室内出现严重的墙体开裂，从安全性上来说已经不适合再供人居住。在自己的家乡，驾驶员段维国看着眼前熟悉的一切，有点不太能接受，他前一天才结束轮休回到单位，现在却以救灾的方式回家。他驾车路过自家门口时借着车灯的光扫视了一眼自家的房子，房子没有倒塌，家人在门前的车里和衣而睡。那一刻，维国感到眼角酸酸的，但脚下依然踩着油门，驾车径直奔向震中双河镇。

为了在"黄金72小时"的救援期内将有限的人员尽可能多地投入救援一线，段维国和其他驾驶员在完成野战车场及宿营地开设任务后，也马上参与到救援行动中去。

到达灾区后，段维国给家里打了个电话，说自己跟随队伍已经在双河镇开始救援，同时也给父母讲了一些避险常识，并再三叮嘱他们要注意安全。没想到，父母亲人却从家里跑来看他，一家人在地震废墟中团聚，相顾无言，唯有清泪两行。

指挥部根据无人机侦查反馈的信息，让成都特种救援大队兵分两路展开救援，第一路由二中队负责在双河镇和富兴乡展开救援，第二路由一、三中队负责在龙头镇方向展开救援。罗泽彬跟随二中队来到双河镇金鸡村，帮助受灾百姓拆除危房，转移受灾群众及财产。在金鸡村7组，村民吕学辉家的猪舍倒塌，30余头生猪被困在里面，妻子站在猪舍旁边不停地哭泣。罗泽彬和大家一起冲进倒塌的猪舍内，把30余头生猪转移到了安全区域，吕学辉一家人脸上的担忧才舒缓一些。

这是罗泽彬第一次参加地震救灾，而且还是在自己的家乡，尽管此前在北京接受过与地震救援相关的培训和演练，但他和其他第一次参加抗震救援的队员一样还是感觉到有些不适应。看着眼前流离失所的乡亲、遍布瓦砾的街道、开裂倒塌的房屋，加上接踵而至的余震，一时间，他竟觉得自己出现了幻觉。

6月20日，深入珙县巡场镇天池村排查危房时，罗泽彬遇到了自己的姐姐，此时他才得知家中受灾如此严重——房子墙体开裂、承重墙倒塌，已不能居住。罗泽彬匆匆帮姐姐抢救出贵重物品后，姐弟俩互相叮嘱了几句，罗泽彬便跟随队伍前往下一个受灾群众家。

能在这种危难时刻救助家乡的父老乡亲，那一刻，罗泽彬意识到自己所从事的消防工作是如此神圣。分别时，程雪力给罗泽彬和他姐姐、姐夫在避险的铁路上拍了张合影，还在《中国应急管理报》、腾讯视频等报刊媒体上为大家讲述了这一家子的故事，引起了强烈的反响。

一场地震，让老百姓辛辛苦苦经营的家成了残垣断壁。森林消防队伍会应受灾百姓的请求，把百姓们认为最重要的东西从废墟里挖出来。47岁的天池村村民陈洪超的房屋被震塌了，因家中就她一个人，两个孩子都在外地，孩子们的很多东西全被困在了危房里，陈大姐在崩塌的屋前无助地哭着，她希望或多或少拿出点孩子的东西，留点希望等着孩子们回家。罗泽彬和战友们二话没说就冲进了危房中，将其中的重要的物资转移到了安全区域，这时，陈大姐的脸上才露出了一丝笑容。随后，队员们迅速离开这里，转战长宁县双河镇荷叶村。65岁的荷叶村村民罗友华家中的墙壁断裂，部分房间倒塌。他觉得其他东西拿不拿都无所谓了，但他和老伴的两口寿（棺）材希望消防员们能帮他抬出来，队员们二话没说，从危房中把二老的棺材搬到了安全区域。

这些天来，段维国不仅是驾驶员，还连续和战友们奔波在一线，无比疲劳的他在服务区短暂休息时没一会儿就睡着了。6月21日，在完成第一阶段任务后，段维国和其他94名消防员奉命回撤，由于担负的任务紧急繁重，在灾区的时候，他没有回家看看，此时他驾驶车辆再次路过家门口，依然是过家门而未能入。罗泽彬一直没得到机会回去看看爸妈和受损的屋子，直到救灾完毕7月份恢复重建时，他才休假回家帮着家人修缮房屋。

6月28日，最后的60名消防员完成抗震救灾任务准备撤离。双河镇葡萄村村民们敲锣打鼓前来送行，不少村民眼含热泪，还提来了自制的几十桶凉糕，请消防员们带回去给家人品尝，但村民们的好意被消防员们谢绝了。

"不带走可以，但你们一定要品尝一口才能走！"村民们又快速把凉糕分装成66碗，整整齐齐地摆在桌上给消防员品尝。57岁的葡萄村村支部书记含泪向消防员们鞠躬致谢，消防员们也列队向葡萄村村民敬礼。

在长宁 6.0 级地震中，双河镇葡萄村的大部分村民并没有流眼泪，而在送别森林消防员的时候却泪湿眼眶。车辆临启动时，一位大姐流着眼泪端着一碗凉糕非要递到程雪力手里，那一瞬间，程雪力的泪水也一下子难以抑制。程雪力原本以为，自从"3·30"27 名战友离去后，他的眼泪已经哭干了，不会再流了，可那一刻，他又流下了感动的泪水。

从长宁回到驻地休整没几天，7 月 4 日 10 时 17 分，四川宜宾市珙县又发生 5.6 级地震，程雪力和队员们再次迅速进入待命状态……

长宁地震救灾准备见报的综合稿，程雪力交给了周振生来写。代晋恺离开后，程雪力花了一段时间专门指导周振生拍照、摄像、写稿、剪片。刚开始的时候，程雪力把一个稿子交给周振生时，尽管已经从前到后捋了一遍，周振生也很认真的消化并一字一句敲出来拿给他看，但那稿子还是让他觉得不是非常满意。

"慢慢来，当年代晋恺一开始写稿的时候不也就是这样的吗，我最开始也好不到哪儿去。"程雪力鼓励周振生，要多看多写，用心去写，用心去拍。

周振生的进步是大家能明显看到的，能吃苦、积极、认真的他逐步肩负起了凉山支队内外网稿件的撰写工作，视频图片的拍摄制作工作，网站上、公众号上、报纸杂志上，渐渐能看到周振生的名字和作品，不过细细读来，文章里还能隐约看到代晋恺的影子，照片里也能品到代晋恺的风格。

没过几天，程雪力和周振生合作的稿子《用初心与担当诠释逆行者的忠诚》在《中国应急管理报》刊发了，还在"一周好稿"里被评为了一等奖。看到稿子发出那一刻，程雪力开心地说："这稿子写得真的挺不错的，我都没怎么改，周振生你算是出来（师）了。"

三十一

从 2019 年 8 月底开始，陆续有两批新消防员补充到西昌大队，补充人员后西昌大队共有 89 人。

作为炎黄子孙，如今的中国，可能每一个男人都有一个英雄梦。27 名森林消防队员的牺牲，让全社会都更清楚地认识到森林消防这个职业的危险性，但一批又一批的新消防员还是义无反顾地来。这是一种精神，是我们的民族精神。

27 名烈士是有家国情怀的人，他们把自己的身体和灵魂永远地留在了大森林，他们已经化作春泥永远地滋养那片土地。这一批批新消防员也是有家国情怀的，他们不畏生死积极投身国家应急综合救援事业，把青春和热血奉献给国家，沿着 27 名烈士前进的方向继续在这条路上走下去，他们都是在为中华民族的伟大复兴贡献自己的一分力量。

第一批补入西昌大队的新消防员中，赵有川是比较特殊的一位，在火灾中牺牲的赵万昆是他的亲叔叔。2019 年 1 月份，国家统一面向社会招聘消防员，有过 5 年军旅生涯的赵有川得知消息后，辞去了房地产销售工作，与战友们一起报了名。

2019 年 3 月份，赵有川在西昌大队参加了体能测试。当时身为大队教导员的叔叔赵万昆布置完考场后，在远处静静地看着赵有川发挥，"10×5"折返跑、跳高、1500 米跑，几个科目测试赵有川都发挥出色。

"好好考。"赵有川准备转场到其他场地考核时,赵万昆满意地跟赵有川说。

"好的。"赵有川匆匆回应了一声,跟着队伍离开了西昌大队。

这是叔侄俩最后一次见面。原本 3 月 10 号是赵万昆父亲的忌日,一大家子都去了墓地扫墓祭祀,赵有川左顾右盼没看到赵万昆出现,一问才知道那天赵万昆还在火场上扑救山火。他突然想起了叔叔告诉他的话:"如果来,就要做好吃苦准备。"

赵有川的家人知道他报名应征消防员后都很开心,妈妈隔几天就打电话来询问他的考试情况,与赵有川一同竞考的有上百人,家人还担心他会考不上。对于加入森林消防队伍,赵有川的家人和朋友都支持和鼓励他,说他是去守护凉山,去保卫家乡的。

在凉山的大街小巷、乡间邻里,人们对森林消防这支队伍是无比熟悉的。尤其是每年冬天到来后,接连不断的火情火警,牵动着每一个凉山人的心,百姓们好像随时都会听到,今天这着火了,明天那儿又着火了,一整个冬天好像都有火。这一场场火灾发生后,森林消防员们紧急赶赴火场,他们几乎跑遍了凉山州的每条公路,走访过每一个乡镇,一次次不分昼夜地完成扑救。渐渐地,森林消防打出了名声,打出了地位,这个名字深深印在了老百姓的心里,其地位也在驻凉单位里无法被撼动。提起森林消防,彝族百姓心里都会说声"卡莎莎"。

4 月 1 日愚人节那天,赵有川听到赵万昆牺牲的消息,第一个感觉就是这个消息是假的,这怎么可能?他知道叔叔曾是凉山森林消防支队体能、技能最好的干部之一,有近 20 年的灭火作战经验,打的火不计其数。有时候一大家子聚会时,亲戚们会问赵万昆灭火危不危险,赵万昆都说:"有啥危险的,这么多人都从事这个行业。"在赵万昆口中,反而是去打火的路上遇到危险的概率更大,大山里的路又窄坡度又大,很多道路没有硬化,弯弯拐拐的,每次都让他提心吊胆。

"小爸,一路走好。"赵有川接受了这个不愿相信的现实,那个愚人节,老天爷给他和家人开了一个天大的玩笑。

　　火灾之后，通过考核的赵有川接到了招录办公室的电话，问他要不要再考虑一下，和赵有川一起报名的战友有的选择放弃。赵有川想都没想，毅然加入了森林消防队伍。他认为叔叔的离去只是一场意外，叔叔未走完的路他会继续走。这也是一份能实现自我价值的工作，战友们朝夕相处，像亲兄弟一样，这种工作环境也让他向往。

　　去集训那天，被选拔的人员在西昌市火把广场上集结，人员到齐后列队乘车前往成都集训。这个火把广场，曾是为木里扑火英雄们召开集体追悼会的地方，英雄们从这里离开，如今新招录的队员在这里集结出发，冥冥之中，仿佛是天意一样。

　　曾当过兵的赵有川接受了三个月的封闭集训后，到了分配下队的时间，上级询问他的下队意愿时，他选择了西昌大队。下队时，赵有川如愿来到了叔叔战斗过的西昌大队。

　　到西昌大队后，赵有川发现，虽然能看到的叔叔和牺牲队员们留下的东西很少，但他还是忍不住去捕捉叔叔留下的痕迹。有一天独自坐在学习室里，他老远瞭见张贴在墙上的消防员誓词镜面底图上的一个人很像叔叔赵万昆，他走近一看果然是他，赵有川在那里端详了很久，看着底图上的脸庞，读着誓词里的话语，"愿意付出一切"，那句以前从队员们口中喊出的话，此时在他眼里不仅是一句话，更是大家必须要履行的誓言。

　　平日里，在队友们面前，赵有川几乎不会提起叔叔，班里知道他的"特殊身份"的人也不多。老消防员班长们也不愿提及那场森林火灾，不愿提起牺牲了的队友们，有时候遇到有人采访大家也是沉默不语，他们不愿说，因为他们把这些事都埋藏在了心底。

　　除了"3·30"，其他火场上的故事大家还是比较喜欢分享的。赵有川发现，一旦有人开始张开嘴巴分享，会勾起另一个人分享的欲望。不等先开口那个人把故事讲完，后面的人就会开始跃跃欲试，仿佛肚子里有大堆故事要钻出喉咙。那时候，静静的班级里或者课间训练场的小角落里，除了营区外公路上汽车穿流的嗡嗡声，只剩下讲故事的声音和故事结束时人们憨厚的笑声。

　　一群人离开了，化作繁星满天。没有可能会不被提及。

"跑步的时候一定要避开井盖，赵教导员说过，万一踩空容易崴脚，掉下去的话更是难免受伤，要是他在，要罚你多跑几圈。"一次跑步时，有个老兵提醒大家，听到这句话，赵有川的心像被戳中一样。

下队后不久，新消防员开始上哨执勤。一天下午，赵有川在执勤过程中拿起了厚厚的请假条，无意间发现了叔叔的签名。他一张张地翻看，一张张地找，甚至把4月以后的假条都找了几遍，就找到那么一张，他拿着那张假条看了很久，之后再默默放回原处。几个月之后他还记得请假人的名字，为何事请假。

赵有川和新招录的消防员们接过牺牲战友的岗位，赵有川觉得告慰他们英灵的最好的方式就是扛起27名烈士身后这面旗帜，继续更好地完成大家担负的每一项任务，因为现在大家继续做的事业正是他们热爱的事业。中队的建设，应急救援事业的发展，中华民族的伟大复兴，这些靠的是什么，靠的是每一个岗位上的人都踏踏实实地做好自己的那份工作。

三十二

　　赵友川入队时，他的队长冯颖在集训准备参加比武。

　　9 月 23 日，彩云之南，森林消防队伍首届"火焰蓝"专业技能尖子比武落下帷幕。在 3 天的激烈比拼中，冯颖夺得了中队主官综合成绩第一名，荣立二等功。

　　队长，你看到了吗？我们成功了！

　　肩披绶带，登上领奖台，捧起奖杯，戴上二等功奖章，看着台下祝贺的人群，冯颖的思绪与台下的阵阵掌声一起起伏。恍惚间，他想起了老队长，想起了那个牺牲在凉山灭火战斗中的英雄蒋飞飞，想起了那个曾带领兄弟们无数次取得荣誉的兄长。

　　蒋飞飞曾在军事教练员比武中获得 3 次个人第一，带领中队参加比武取得过 2 次团体第二……

　　2018 年，森林消防队伍改制转隶，迎来了新的机遇和挑战。蒋飞飞渴望在新的森林消防队伍尖子比武中夺魁立功。谁知，这竟成了蒋飞飞永远无法实现的梦想。

　　"要是他还在，来参加这次比武的就是他。"冯颖心想。

　　蒋飞飞，那个冯颖无比怀念的人，那个让冯颖无比敬佩的人，那个坚持每天上午训练一个小时、下午训练一个小时的人，那个外号叫"铁队长"的人，虽然他已经永远离开了他们，但他的精神却依然在激励着他们，鞭策着他们。

这次比武，与森林消防队伍改制转隶之前截然不同：比武不提前明确竞赛内容，不提前下发比武细则，竞赛全程在生疏环境下昼夜不断地进行，科目设置和赛制安排都有了很大变化。

比武中突发的一个又一个难题，让冯颖和其他四川森林消防总队参加比武的队员一开始就挨了重重一击：他们在第一个科目的比赛中总分排名倒数第二，与前面的总队拉开了好几百分。

"蒋队长在看着呢，三中队牺牲的英雄们在看着呢，全总队指战员也都看着呢。"冯颖暗暗给自己鼓劲儿。那个凉山支队唯一一个被称为"铁队长"的兄长，无论在什么情况下都没有放弃过！所以，他们也不会放弃！12名参赛队员围在一起，掌掌相叠，不断地喊着："加油！必胜！"然后一次次站上起跑线。

比武第二天的科目结束时，时间已经是第三天凌晨1点多。2点时，第三天的比武细则发了下来，12名参赛队员一起研究细则和战术到4点多。然后，睡2个小时起床，继续参加比武。

比武中最让冯颖发怵的项目是野外山地负重行军，背负10公斤重的装备，在海拔2300米的盘山碎石路上奔跑8公里。冯颖和来自攀枝花支队的指导员蒋瑾彧选择最后打表出发。之前虽然练过不少，可看到满是碎石、泥坑的山路和那个评判组的越野车挂了四驱都险些没爬上去的大坡时，冯颖心里一下就焦灼起来，前面的4公里全是上坡！负重跑一直是冯颖的弱项。在三中队当指导员的时候，他跑步练得还比较扎实。一到训练时间，他就和蒋飞飞一起跑步。一开始冯颖总是在后面追、追、追……慢慢地，变成了两个人齐头并进。

冯颖一直把蒋飞飞当作自己的偶像，他觉得这个比自己大1岁的南充老乡对他影响很大。"蒋飞飞干工作很有自己的想法，而且细致认真，认定的事，他会去做，做得很好。"相比较起来，冯颖感觉自己是一个急躁的人，有时候事一多起来就着急上火，每每这时蒋飞飞就会赶来救场，说："指导员，不要急，我们一起慢慢干。"如今，冯颖感觉自己比以前稳当多了。

其实，无论是训练还是比赛，都是一个你追我赶的过程。以前能追上"铁队长"，现在追上对手也应该不在话下。冯颖是吃过苦的人，从小在家做农活，常常要背着一大篮子重物，整日面朝黄土背朝天。看着蜿蜒曲折的林间小道和负重前行的比武队员，冯颖想到了自己小时候的事，信心渐渐足了起来。加速、坚持、超越，1个、2个、3个……他不断追赶、不断超越，最终，他是第七个冲过终点的选手。

8公里负重跑的成绩，冯颖感觉还比较满意。但比赛没有一帆风顺的。野外山地水泵架设与撤收科目比赛，四川总队参赛队出场时天下起了雨。评判组检查装备时因2处水泵盖子缺失，直接扣掉了2分。还没正式开始就被扣分，这个情况让大家一下子紧张起来。这一紧张就让他们出现了失误。架设水泵过程中，一名队员在对讲机里喊"水源泵撤收"时，前方队员误以为已经完成了全部作业，开始全面撤收，等反应过来后又重新把分开的管带接上，浪费了不少时间。祸不单行，最后的撤收阶段，冯颖拉着管带撤到起点时没注意到出发地线，迈了进去，裁判员立即止住他，不准他再出来。他一下傻眼了："感觉心里凉凉的，有点辜负大家的期望。"

看着来自阿坝支队的排长乐东为尽快将储水池里的水放干，整个身子扑上储水池的样子，看着来自攀枝花支队的指导员蒋瑾或为减短回程距离直接从水塘里冲回来的身影，他突然想到，大家抱回来的凌乱的装备还需要整理，幸好，他临时负责装备整理，为团队赢回了一点点时间。这个科目他们获得了第二名。

"兄弟们，这是最后一个科目，成败在此一举。来，我们一起鼓鼓劲儿。"

9月21日23时6分，四川森林消防总队参赛队员准备进场进行夜间按图行进科目的比赛。在几声"四川雄起"的呐喊过后，他们随着指令枪响冲进了黑夜。

再次出现时，他们完成了5公里距离和对6个点的搜寻——用时31分51秒，6个点全对。签字确认成绩的时候，冯颖难以掩饰自己心中的兴奋，在探照灯的强光照射下盯着一起拼搏过来的队员，不停地傻笑。

冯颖一直不愿提英雄们的事。27名烈士，全都是他熟悉的面孔，其中的11名队员还是他带过的兵。大家的牺牲，是他内心一块无法愈合的伤痕。它无时无刻不在疼痛着，像一个无法填补的黑洞。

赛场上的冯颖尽量克制着自己不去想蒋飞飞和活在他心里的英雄们。他不想给自己太大的思想压力，那样会影响发挥。在 7 月份四川森林消防总队组织的比武中，冯颖带着太大的期许，一心想着自己代表英雄的三中队，一定要为他们夺得荣誉，可那场比武他失败了。

早在今年 6 月，全国森林消防队伍就掀起了比武热潮。各支队强化训练后的 7 月末，四川森林消防总队 60 名精英在攀枝花进行了比武竞赛。总队比武后又优中选优召集 25 人，从 8 月初就在一起集训磨合，最终选拔出 12 名尖子参加了森林消防队伍首届"火焰蓝"专业技能尖子比武。

四川总队集训磨合地点选在了阿坝支队汶川大队，那里条件艰苦、环境恶劣。集训期间突发了汶川"8·20"强降雨特大山洪泥石流灾害，队员们冲进受灾一线，抢救受困群众，转移财产物资，清淤排危除险，帮扶受灾群众恢复生活。

在那里的一个月，冯颖对自己是苛刻的："我想尽自己最大的努力，去守护人民群众的生命财产安全，去比武争取荣誉，因为那是英雄们的遗志。"

比武前大家数不清背了多少知识点，冯颖只依稀记得装在兜里的题库换了又换，手上的老茧磨掉了又长出来，长出来又磨掉。训练中，冯颖有些顾不上身体了，有时候累得站不起来，有时候又感觉比较茫然。可一想起三中队，想起那一群英雄，他就充满了力量，尽管对比武一无所知，但他们仍全力准备。

比武总结表彰的前一天下午，成绩和排名出来了，有人拍照发在了微信群里。听到自己取得了中队主官综合成绩第一名、荣立二等功的消息时，冯颖开始有些不敢相信，确认过后他心里竟开始失落起来。那一瞬间，他脑海里全是蒋飞飞。

在队员们的庆贺声中，冯颖悄悄走进了一片旷野，没人看出他的内心变化。那一夜，冯颖一直都没睡着。"你们回来吧，我宁愿不要第一名，也不要这个二等功！"这是冯颖发自内心的呐喊。

搭班子那一年，蒋飞飞找了一根钢管和水泥自制了一个杠铃，天天在那儿练。炎热的西昌，他光着膀子带着大家推杠铃踢沙袋的样子让冯颖记忆犹新。训练之余，蒋飞飞会跟冯颖分享自己比武的收获，传授这些年积累下来的经验。

"年底的立功名额，蒋队长从来不占，他把机会全让给了队员们。改制转隶后，他想凭能力到比武场上再立新功，但他没等到，这是最遗憾的。"冯颖说。

蒋飞飞曾经带领大家在比武场上取得了那么多荣誉。在今年总队的比武中，往年一直比较出众的凉山支队总成绩排名倒数几位，个人比赛方面也成绩平平，让支队上上下下深受打击。这回冯颖带着三中队、带着西昌大队、带着凉山支队的期许拼回了第一，大家都为他感到高兴、感到自豪。

"谢谢你，谢谢你争了这口气！"这份成绩，大家等了很久。

"你给 27 个弟兄们争脸了。"听到支队长仲吉会这句话时，冯颖眼眶一下就湿了，平时一直为英雄们坚挺着的心软得一塌糊涂。

比武结束后，冯颖带着中队开展了综合救援训练演练、灭火实战演练和野外驻训。11 月底川西地区就进入了防火期，他知道留给大家提高灭火技能和新老队员磨合的时间不多。这些年，蒋飞飞带着三中队全体指战员打了上百场大火，往后，他将接过"铁队长"的接力棒，带着三中队把仗继续打下去。

2019 年国庆，罗传远如愿回到西昌大队，回到了曾经待过的四中队四班。木里火灾中，四班有 3 人牺牲，9 月份，又有两名老兵满期退伍，罗传远决定留下来重建四班。再次回到熟悉的四班，桌子底、柜子顶、犄里旮旯，哪里容易出现灰尘蜘蛛网，罗传远都记得一清二楚。

罗传远努力强化自己，还想方设法提高四班的"战斗力"，比赛是他常用的办法，内务、操课、作风、礼节，他都会拉出来练练，在最近一场负重5 公里跑比赛中，看到大家最后一段路实在没力气，罗传远就让大家想象那些牺牲的战友就在自己跟前，他努力鼓励着大家："他们叫我不要放弃，不要给大队丢脸，现在想到他们，我也能感受到一股力量。"

这股力量在每一个西昌大队的队员心里都积累着，在每一个来西昌大队参观、采访的人心里也留下了痕迹。如今，大队张贴悬挂了一些能够展示森林消防队伍的宣传标语，在荣誉室里还布置了一面了烈士功勋墙，营院正在进行翻新改造，他们凝练出 4 句话的队魂来激励队员发扬西昌大队优良传统，扛起英雄集体这个光荣的称号——继承遗志、砥砺前行、厚实底蕴、续写辉煌。

三十三

妈妈，假如我明天就要上火场
请您不要难过悲伤
因为我是，为人民而战
定会把胜利的喜讯
传回您的耳旁

妈妈，假如我明天就要上火场
请您不要难过悲伤
因为我是，人民的消防员
牢记入伍时您的教导和期望
守卫祖国的安康

妈妈，假如我明天就要上火场
请您不要难过悲伤
因为我有，利剑在手
任凭火魔多么嚣张
胜利的旗帜
终会在大地飞扬

妈妈，假如我明天就要上火场
请您不要难过悲伤
因为，我定会奋勇战斗
在祖国的绿色长廊
我这儿当仁不让

妈妈，假如我明天就要上火场
请您不要难过悲伤
因为我生来，意志坚强
定会挺起山一般的脊梁
用手中装备将熊熊火焰彻底消亡

妈妈，假如我在火场中倒下
请您不要难过悲伤
为人民奉献是我的责任与使命
那是消防战士闪耀的光芒

妈妈，假如我在火场中倒下
请您不要难过悲伤
您应该为儿子自豪
因为我的血肉，滋养着绿林一方
留给世人万里荫凉

妈妈，假如我在火场中倒下
您若能辨出我的容貌
那就把我带回家吧
我想陪着妈妈

一起看村子里夕阳下的牛群
闻一闻金秋时节的五谷稻香
听一听门前缓缓流淌的小河
夜里枕着儿时嬉戏过的那棵老槐树
安然地进入梦乡

妈妈，假如我在火场中倒下
请您不要难过悲伤
为国捐躯，命葬疆场
那是消防员至高无上的荣光
就是倒下
也会倒在冲锋的路上

放心吧，妈妈
您看儿子和战友们
已将甲衣穿好
为了保护祖国的绿水青山
早已准备着血洒火场

面对火魔
我们没有忘记使命和担当

面对牺牲
也绝不辱没火焰蓝的雄壮

只待一声令下
再还蓝天白云，民生安详

前进的号角已经吹响

英雄的队伍将要征战火场

请您不要为儿牵挂

待我从火场凯旋

再来看望亲爱的妈妈

转眼间，川西地区的攀枝花和凉山变得草枯山黄，阿坝和甘孜也进入了寒冬，防火期又到了。四川森林消防总队全体队员枕戈待旦，做好了上火场的准备。当甘孜支队康定中队消防员牟华松写下这首给自己母亲的诗的时候，他的心里也准备好了。

美国加州肆虐的山火，亚马孙雨林连烧数周的罕见火情，澳大利亚过火面积相当于 5 个北京的森林大火……看着这些让当地进入紧急状态，造成很多人遇难、很多动植物丧生、很大的经济损失，甚至影响全球气候的特大森林火灾，同样让作为中国森林消防的队员们心痛不已。他们发出了一声声呐喊："有中国森林消防在，绝不让祖国的大地上发生这样的事情。"

三十四

夏练三伏，冬练三九。防火期的到来，让森林消防员进入了一年中最忙碌的时候，四川总队积极响应"全灾种""大应急"任务需要，攀枝花、阿坝、甘孜、凉山四个支队和成都特种救援大队大力开展冬季大练兵活动，在全队伍里掀起了冬日训练热潮。

新消防员编入后，各队伍将训练教案和教练员重新划分，以便在训练过程中更系统、更完整地开展教学，让新消防员更快适应新课目和实战化的训练。

为应对随时可能出现的火灾，他们本着"急用先训、管用多训、基础常训"的原则，开展野外驻训，进山入林训练，在实际环境中锤炼消防员的意志品质。

在野外训练和在营区训练差别是很大的，在野外开展实战训练，不仅会面临平时训练中遇不到的问题，而且能把队员们拉进真实的战场环境。新消防员在营区训练时，往往只知道灭火机具如何启动操作、怎样排除简单的故障，对灭火战术也只停留在操场上跑跑位、比画比画的层面。要想真正地练就他们，除了实战灭火之外，就是灭火演练了。

各支队在带着新消防员到野外训练基地开展实战灭火演练前，先成立了示范分队。或在荒山野岭，或在宽阔的坝子里，他们先铺设了几十米长的柴草和木头，模拟火场环境进行点烧，让老队员们先打上一遍，供新消防员们观摩学习；然后再采用新老融合的方式，对各个战术进行磨合；最后又进行新老结合性的实战演练。几天下来，新消防员们算是真正的"开了荤"。

以训促战、训战一致。在一个处处贴近实际火场设置的100米紧急避险心理行为训练场上，新消防员们身穿扑火防护服跃火墙、过火幕、穿火林……和大火来了一次又一次"亲密接触"。他们亲身体验了从火光冲天的6米火廊中穿过、跃入上千度高温的火池中卧倒3秒是一种什么样的感受。

防火期最关键的事情就是防火，森林消防员们进山入林，走村入寨，奔走在街区、村屯、景区，开展防火宣传和景区执勤，用实际行动践行初心使命。

新消防员到队后，从"3·30"火灾中归来的王顺华当了一名班长，他每天都忙着把自己多年来的所学所悟教给新同志，冬季大练兵中，他将技能和体能训练作为重点紧抓不放，持续提升队员们的森林灭火救援能力。

在西昌大队这个英雄集体，新消防员们感到激动和荣幸的同时，也感受到了使命和重任在肩的压力。他们一个个卖力地苦练着自身的体能和业务技能，他们都知道，只有将业务技能练精学精，才能在遇到灾情时顶得上，拿得下。

时不待我，只争朝夕思进取；重任在肩，无须扬鞭自奋蹄。四川总队全体指战员始终保持"箭在弦上、引而待发"的高压状态，以昂扬的斗志投入训练执勤等各项工作，确保各项任务圆满完成。

在防火期到来的同时，满期的老兵们也迎来了进退走留的时候，对程雪力来说，这又是一个他要做出选择的节点，干满12年的他可以选择转业，也可以按他自己原本的想法去媒体应聘，当一个名副其实的新闻人。

2015年底，服役期满8年的程雪力原本想要退伍，他的父母年事渐高、体弱多病，作为家里唯一的孩子，他想回昆明工作，成家立业，照顾父母，让他们安享晚年。可那一年，支队、总队、指挥部领导的一再挽留，他被说服了。

2018年部队集体转制，那时候他铁了心想要离开，北京的几家媒体都让他过去，给了他很好的发展空间，可那时候提前离队的名额太有限，领导们也舍不得他走，他又留了下来。

这次，大家都感觉他肯定要走，也一定能走。

"不走了。"可问到程雪力时，他只说了这简单干脆的几个字。

"咋不走了呢？"

"做一个应急人挺好，如果国家需要，我想这辈子都在这干下去。"还是简单的回答。

队友们看着他，感觉都懂，但又觉得都不懂。

三十五

"一年来，许多人和事感动着我们。一辈子深藏功名、初心不改的张富清，把青春和生命献给脱贫事业的黄文秀，为救火而捐躯的四川木里31名勇士，用自己身体保护战友的杜富国，以十一连胜夺取世界杯冠军的中国女排……许许多多无怨无悔、倾情奉献的无名英雄，他们以普通人的平凡书写了不平凡的人生。"2019年12月31日晚，国家主席习近平发表新年贺词，贺词中提到为救火而捐躯的四川木里31名勇士，听到自己的战友得到主席的认可，凉山州森林消防支队全体消防员们十分激动："祖国没有忘记我们，主席没有忘记我们。"

就在习近平主席发表新年贺词的同一天上午，凉山彝族自治州森林消防支队在西昌市举行了挂牌仪式。支队指战员整齐列队、精神饱满、士气高昂，共同见证这一历史性时刻。"此次挂牌仪式是支队建设发展史上具有里程碑意义的大事、喜事，新机制催生新活力，新机遇激发新作为。支队正式挂牌标志着支队建设发展迈入新时代、踏上新征程。"仲吉会、颜金国抚摸着崭新的牌匾，心中荡起阵阵波澜。

西昌市森林消防大队挂牌的时间与支队同步，在补充了45名新消防员后，大队的人数恢复到了2019年"3·30"火灾前，但队里的新人比老人多，出现了新老"倒挂"的现象，张军和赵先忠看着营门口沉甸甸的牌匾，感觉就像挂在了自己的心门上，他俩明白，西昌大队目前还处于"弱势"，要想出色完成应急救援任务，就必须提升新人的战斗力。当消防员不能只凭一腔热忱，还必须有过硬的本领，才能在转制后承担更多的救援任务。但张军心里也明白，一个队伍的战斗力不能速成。新人要把操场训练转化为入林训练，真刀真枪地在火场上提高能力、积累经验，"这不是打一场火就能行的"。为此，大队一刻也没停歇过，新消防员刚下队第二个月，大队就把他们带到深山密林中，通过一次次逼真的演练，让他们更快适应复杂多变的火场环境，这样的训练一直持续到了春节。

2019 年的春节，西昌大队是在火场上过的。今年春节，可能因为疫情的原因，进山入林野外用火的人少，没有发生森林火灾，灭火救援的集合号并没有在院子里响起。但训练巡护并没有松懈，大队利用这段时间，加强了灭火和清山巡护，为的就是一旦疫情解除，出现火灾时，大家不打无准备之仗。

"巡护的过程也是一个了解驻地林区分布、地形构造的过程，把这些情况摸清摸透，有助于在灭火作战中更好地排兵布阵，控制火势。"张军边巡护边给新消防员们讲解。在巡护的同时，大队也会组织开展防火宣传，向游客和地方居民讲解森林防火法律法规和相关常识，提升群众的防火意识，从源头上减少火灾的发生。

对于外出巡逻和防火宣传，西昌大队新消防员蒋佳沛感觉意义深刻，虽然不能回家与亲人团聚，但蒋佳沛表现得非常坚韧和淡然。2000 年出生的蒋佳沛有着两年的当兵经历，对他来说，西昌大队并不陌生。2019 年 "3·30" 火灾之前，他们作为新人来西昌考过试。西昌大队是其中一个考点，参加体能测试的新人都来过这里。

身高一米七的蒋佳沛站在考试队伍里，他的不远处，站着当时三中队一班班长程方伟。那是两人的第一次见面，也是唯一一次。作为老乡，两人交谈几句后就变得熟络起来，从程方伟的站姿中，蒋佳沛感觉他这个人蛮严肃认真的。

那时，已经服兵役快满 5 年的程方伟鼓励蒋佳沛，希望他能被分到西昌大队。消防员征招后先要通过统一集训再分配到各队，在内蒙古当过兵的蒋佳沛，因为想离家近所以选择了回西昌当消防员。填写分配意愿的时候，他毫不犹豫地写上了"西昌大队"。

去年9月入职培训结束返回凉山的路上，蒋佳沛就在想自己有没有可能分配到西昌大队。他的心里十分渴望加入这支英雄的队伍，之前在成都的新训大队他现场聆听了"不忘初心、牢记使命"西昌大队英雄群体先进事迹报告会，27名战友的事迹感人泪下，催人奋进，那时候一颗种子就在他心中萌芽了。如今，真正成了西昌大队的一员，在西昌大队的队旗下履行着巡护任务，他很心安："现在正是防火的关键时期，我们随时都有可能直面熊熊烈火的考验，我唯一想的就是怎么提高技战术水平，增强自身能力素质，争取上火场不给队伍拖后腿。"

人员补充的同时，西昌大队在装备配备上也得到了加强，新配发的119毫米远程森林灭火炮，有效射程可以达到7公里，专门针对高山峻岭、无水源供给、人员难以接近的森林火灾设计制造。经过一段时间的专业理论学习后，大队第一次将新灭火炮拉到野外开展实弹发射训练，让指战员熟悉操作流程，测试装备性能，检验其应对复杂火场情况的能力。

目标判定、预瞄、装弹，新消防员加斯伍各熟练地操作着。加斯伍各入队前曾在炮兵部队服役，每天都与各种火炮打交道。所有准备工作完成后，只听指挥员下达"预备，放"的口令，"轰"的一声，震耳欲聋的鸣响让人不自觉地颤动，随着炮弹落地，远处山上的火点已被爆炸形成的粉剂云团覆盖。轰隆隆的炮声响彻山林，这是森林消防员恭贺新春的独特方式。

春节就这样过完了，这个年，大家没有再次踏上火场搏击火魔，但这群英勇无畏的少年，誓要练成百炼成钢的队伍。他们都戴上了口罩，照常加强着训练，紧抓防疫抗疫和战备训练，积极应对疫情和火情，在营区掀起了练兵备战热潮。春节过后，大队多次设置了逼真火线，打造指战员过硬的心理素质，增强他们应对和处置多变火情的能力，他们灵活穿插训练水泵架设与撤收、灭火装备操作与演练等课目，全面提升队伍战斗力。新消防员们虽然还没参加过灭火作战，但面对熊熊燃烧的大火已经没了初入队时的那种紧张害怕，听到班长下达"开始"口令后，带头冲了上去，利用平时学到的技战术动作奋力扑打着火线。

进入 3 月，新人们第一次冲进了真实的火场。3 月 9 日，队里接到通知，凉山州会理县新安乡发生一起火灾。火势虽不大，但地势较为复杂，火场植被茂密，火势不易控制。

出发时间是凌晨 1 点多，60 多名消防员连夜赶赴火场。坐在车上，蒋佳沛有点激动，有的队员趁在路上赶紧打个盹，但他怎么也睡不着。第二天清晨抵达火场，分析了火场形势后，大队决定采用"一点突破、分兵合围"的战法，三中队和四中队兵分两路进行扑打。

火势不是很大，这让新人们没那么紧张了。蒋佳沛主动申请跟着老队员们到前面打火。接近晌午的时候，日头渐渐烈了起来，一处火刚打灭，由于附近杂草丛生，很快又复燃了，"打过来打过去，像车轮战一般"。

灭火的时候，地形不好，消防员们进入几处山谷，有的地方要手脚并用才能爬过去。有的消防员背着风力灭火机，回头打火时，脚一滑，险些滚下山。

蒋佳沛被换下来休息时，脸已经被"烤"得发红，护目镜上的镜片不知道何时被烤变形了，嘴唇发干的他一口气喝了 3 瓶水。明火打灭后，他突然觉得反胃，但一路喝的都是水，没吃东西，只能干呕。

这场火打下来后，赵先忠和张军都很欣慰，虽然新消防员们灭火经验不足，但敢打敢拼的作风和团结协作的精神，已经像老消防员了。

三十六

至今松柏含悲处，曾是英魂往还时。

一年前，草长莺飞的季节里，你们的青春和梦想，永远定格于同一个时刻；一年前，烈焰障天的战斗中，你们把忠诚和热血，永远播撒在同一片沃土。

一年了，你们的音容，依然出现在亲人梦里；一年了，你们的身影，依然萦绕于战友眼前。一年来，凉山 500 万儿女，始终忘不了你们逆火而行的无畏；一年来，安宁河的各族群众，始终怀念着你们留向青山的英名。

大凉山，曾刻下长征屹立不倒的精神，铭记着解放者英勇献身的忠贞，闪耀着"一步跨千年"建设者的豪情。无论是革命战争年代还是和平建设时期，总有一大批人默默为人民的生命财产安全保驾护航，甚至献出富贵的生命。他们的人生是那样短暂，体现的价值却那样宝贵；他们将躯体献给祖国和人民，凝聚的精神永照后人。

我们是幸福的，生活在这个没有战争的年代，生活在无数新时代英雄的今天。我们一定会珍惜这个日新月异的时代，珍惜烈士们负重前行换来的安宁，劈波斩浪、奋力前行！

今天，我们来到这里，再一次呼唤你们年轻的英名，表达对 31 位勇士的无限追思和无上崇敬：

赵万昆、蒋飞飞、张浩、刘代旭、幸更繁、代晋恺、程方伟、陈益波、赵耀东、丁振军、唐博英、李灵宏、孟兆星、查卫光、郭启、周鹏、张成朋、赵永一、古剑辉、张帅、高继垲、汪耀峰、孔祥磊、杨瑞伦、康荣臻、徐鹏龙、王佛军、杨达瓦、邹平、捌斤、王慧蓉。

烈士们永垂不朽！

2020年3月30日上午，为深切缅怀木里"3·30"森林火灾灭火勇士、弘扬英烈精神，四川凉山州州政府、西昌市市政府和凉山州森林消防支队等单位在西昌市烈士陵园举行纪念活动。在战友逝去一年之际，西昌大队的指战员们来不及凭吊战友，而是战斗在火线的最前沿……他们战斗的地方，是凉山州木里县项脚乡。

3月28日下午，西昌市佑君镇和盐源县金河乡交界处突发山火，西昌大队29日上午到达火场，29日下午扑灭了这场山火。队员们背着灭火装备下山时，都以为能回营区休息了。山里没信号，没人知道此时木里也起了山火，收到信息后，他们在仲吉会的带领下就地"转场"，直奔木里火场。到火场时，周振生看着眼前的景象，不自觉地掏出手机发了一条朋友圈，配着一张一年前代晋恺拍摄的火场照片，他写下这样的文字："撕裂暗夜，一张老照片，你拍的，现在我又在这暗夜里。"

"兄弟们！一年了，好想你们！"3月30日这天，奋战在火场上的大队长张军也发了一条朋友圈，他的心里全是兄弟们的影子。"3·30"这个日子，可能注定要让世人无法遗忘。2020年3月30日15时，西昌市泸山发生森林火灾，直接威胁马道街道办事处和西昌城区的安全，其中包括一处石油液化气储配站、两处加油站、四所学校以及光福寺、三清观、凉山彝族奴隶社会博物馆、西昌最大的百货仓库等重要设施。火灾发生后，凉山州西昌市第一时间启动应急预案，成立前线指挥部，调集宁南、德昌等县的专业打火队就近支援；四川省森林消防总队下属的攀枝花支队、阿坝支队、甘孜支队和成都大队紧急前往增援。

30日下午在木里火场扑救火灾的西昌大队遇到的情况也比较糟糕。木里火场在这一天呈现往东南西北全线蔓延的状态，北线烧向原始林区，南线则危及村庄。四川森林消防总队和四川消防救援总队指战员迅速展开扑救，凉山支队所属的西昌、木里两个大队和直属一中队以及从成都赶来的特勤大队全被拉到了南线的一条山间公路上，全力阻止山火越过公路。

路上满是燃烧的倒木和滚落的石块，火就在公路上方五六米的地方烧，入耳全是树木燃烧发出的噼啪声。水罐车沿着只能容一车上下的山路行驶，将水拉到离火线最近的地方停了下来，郎志高站在水罐上快速接好水泵，将管带甩给王顺华，两支水枪同时出水喷向火线。大风夹着飞火从眼前飘过，郎志高眼看着一个带火的松枝条被风卷入路下方的矮松林，瞬间就燃了起来。公路下方的火正在朝队伍烧过来，张军眼看着情况不对，通过对讲机指挥队伍沿着公路下撤，一连重复了好几遍。胡显禄和王顺华所在的车子走在车队后面，前面的车子通过后，火苗已经窜到了胡显禄所在的车子前，热浪从车窗玻璃前掠过，危险步步逼近，看着眼前的景象，王顺华心里好像被什么东西重重敲打着。去年3月31日，也是这样一个糟糕的下午，被火追着跑的那几十秒，是他26年来最无力、最绝望的时刻，滚烫的气浪夹杂着火星不断扑打着他的后背，感觉下一秒人就会被火焰包裹吞噬。情况危急，胡显禄指挥车子先退到无火的地段避险，然后又盯着火头走走停停，终于成功下到安全区域。

木里火场有着动辄数公里的火线，由于各分队分布在各条火线扑救，彼此不知道对方正在经历什么，更不会有人想到，这天下午西昌市城区周边也被火光笼罩。一年后几乎相同的时间，又有人在凉山的森林里经历着生离死别。这一天，指战员们听到西昌火场传来一个噩耗，宁南县专业扑火队18名扑火队员和1名当地向导遇难。看着自己刚经历的险境，想着在西昌火场逝去的生命，队员们相拥而泣，相互安慰，相互鼓励，积聚着力量。

3月31日，西昌再次鸣笛致哀，为在火灾中牺牲的19位勇士送别。带走这19位勇士的林火还在燃烧，四川总队利用凌晨温度低、风力小的有利时机，采取以水灭火和常规机具扑打相结合的方式从侧翼、火尾多路夹击，先将西线明火扑灭，保住了液化气站和马道场附近居民的生命财产安全。4月2日，在大风中蔓延的二次燃烧危及海南路加油站、听涛小镇、烈士陵园、光福寺、凉山农校、凉山彝族奴隶社会博物馆、西昌学院。指战员根据火场联合指挥部命令，赶往形势最为严峻的海南路加油站、听涛小镇、烈士陵园阻截火头，保护重要设施和重点目标安全，奋战一整夜终于解除了威胁。4月3日消防队员们向火场南线响水沟、大营奶牛场后山、月谷酒庄后山等地进发，打响火场歼灭战，随后将南线明火全部扑灭，全线巡查看守至晚上，确定火场无明火、无烟、无气后，才从山上撤离转战木里火场。

三十七

从汶川到西昌，再从西昌火场转战木里火场，阿坝支队汶川大队教导员孟存业感觉自己离那个梦逝去的地方越来越近。去年的这个时候，他就在这里沉痛送别牺牲的烈士孟兆星，他们那一大家子里的一个孩子，他从甘肃老家带到森林消防的一个"希望"。

这次上到火场，孟存业感觉自己不仅是一名指挥员，还是一名父亲，一个家长。4月4日抵达火场后经过勘察，阿坝支队决心采取"多点突破、分段围歼"战法，利用野外水源，架设水泵以水灭火。孟存业带着汶川大队从火线薄弱处打开突破口后直线推进扑打火头。他时而像个安全员跑向远处观察整个火场走势，时而像个主攻手抵近火线组织阻击灭火。他想着没看准情况就不能盲目扑打，看准了情况就要瞅准时机快速拿下。

中午十二时左右，孟存业带着水泵分队从西线火场北部打开突破口后继续向左翼扑打，计划与马尔康大队会和，负责常规分队扑打的两个小组在一处山崖冲沟处共同处理较大的火情。孟存业感觉这里烟比较大，温度比周边高，声音有点异常，二十几年的火场经验告诉他，有危险，得抓紧撤离！他也管不上是不是自己的队伍，赶紧喊在场人员撤离。四十多人在火情突变前跑了出来，回头一看，刚才所在的冲沟发生了侧翼上山火，周边整个火场复燃，几个山头都烧红了，想想都后怕。

4月4日当天，队员们从7时20分一直作战到20时20分才撤至火场边缘安全地带宿营。孟存业挨个检查队员，看着大家一个不少，无病无伤，他心安了许多。

"丰宏，起烟了。" 4月5日13时左右，在山坡上低头连接管带的马尔康大队四级消防士李丰宏听到身边的副指导员杜凌佳航冲他喊道。他起身一看，只见下方的林子里冒起阵阵浓烟，一会儿就腾上了天空，把太阳遮得只剩一个红点。

不好，要起大火。

"发哥，下面起大火了，快找地方避险。"李丰宏喊了七八声，正在沟谷里架设水泵的三班长何云发听见后，赶紧往最近的火烧迹地跑去。刚喊完，火焰就出现了，离他俩只有20多米。李丰宏和杜凌佳航也拔腿往林稀处跑，他俩所在之处没有火烧迹地，唯一的空旷之处是右侧的一片悬崖，几乎垂直的崖壁上支棱着一些片石。两人扒着石头边缘就像攀岩者般挂在了崖壁上。

在崖壁上挂着，李丰宏仔细观察了一下火情，刚才只顾着跑，现在他看清了火头蔓延的方向，觉得还有机会往更安全的地方转移。他迅速爬上悬崖，刚拔开步子，一中队一班新消防员李朝东从林子里冲了出来。李朝东原本是带着管带枪头往前送的，被李丰宏的喊声吸引了过来。"快跑。"李丰宏边跑边招呼李朝东。隔近了，李丰宏见火烧迹地燃烧得一点也不充分，相反里面的树木全被烤干了，大火过去可能会燃烧得更厉害，也是险地。他又朝何云发喊："你们那里不安全，快跑。"跑了一阵，他们在一处开阔的地方停了下来，7人顾不上喘口气，砍树的砍树，挖坑的挖坑，都手脚并用地做着准备。

风夹着浓烟和灰烬往大家所在的地方刮来，不远处树木燃烧的噼啪声越来越近，催命似的炸裂声让何云发急得连呼吸都要忘掉，大家尽可能地把开阔地里的可燃物清理干净再拓宽面积。四级消防士张书祥感觉自己的心都要跳出来了，手有些没了劲，但他不敢停，不停地刨土，想刨出能供大家避险的土坑。

过了一会儿，风向突然出现了变化，原本从左下方袭来的烟尘被吹着往右侧飘去，大家借着这天赐良机再次转移，直奔山下出发点的简易公路。他们边跑边找路边观察，跑了20多分钟，终于冲出了绝境。这短短的几十分钟内，大家经历了从生到死，又从死到生。

等到火浪过去，一切渐渐平静的时候他们再返回刚才架设水泵的位置，看着沟谷里已经烧成了黑色的水泵，何云发感觉心好痛，好像是自己蜷缩在那里似的。大家重整旗鼓，架设水泵、铺设管带，将火灾消灭在愤怒中。

水泵灭火快速、高效是森林消防指战员公认的。作为一名资深水泵手，马尔康大队一中队一班班长李太和觉得，手中有水，心中不慌，只要水供上去，前方战友的安全就有保障了。被火烤的时候，管带里的水还能给大家降温，甚至在口渴难耐时，还能供大家饮用。

这几天每天一早，李太和与中队几名泵手就抱着水泵沿火场周边的沟谷找寻水源架设水泵，哪里有水，哪里就是他们的阵地，水泵架设完毕，启动。"一听、二看、三捏。"李太和侧耳倾听水泵，判断其声响以确定发动机转速，看枪头喷出的水花以估计供水流量，捏管带判断其软硬程度以掌握供水压力。山高坡陡，他必须时刻观察，不时调整油门确保供水正常。

看到队员们扛着枪头清理火点越走越远，已经达到了几台水泵的供水极限，李太和决定再往上寻找离火点近一些的水源。他顺着沟谷往上再往上，终于找了一处合适的位置，李太和用铁锹堵住了小水堤，然后又跑回去取水泵。没跑几步，李太和的手机突然响了几声，是收到信息的声音，他急忙掏出手机。自从进了木里的大山，这个手机还是第一次连上信号，信息是妻子发的，他借着那一格信号拨了回去。

李太和的妻子祝娟带着半岁的儿子 3 月 29 日到单位探亲，没想到刚到营地第三天丈夫就去增援了。出发前李太和不让妻子看着他们出发，他还记得2018 年大年初三来队过年的妻子送他去增援甘孜雅江时的情景，车子刚动就看见祝娟与另外一名家属抱着哭成了泪人。这次临行前，祝娟还是抱着儿子来送他，他看到妻子的眼里有为母则刚的那种坚毅，李太和心里一下子多了几分为人夫、为人父的笃定和刚强。

电话里，祝娟告诉李太和安心打火，她们娘俩在队里得到了留守队员和家属的关心和照顾。"每次吃饭，队员都吃得很快，吃完就抱儿子去逗着玩，让我慢慢吃。还有几名家属都会帮我带带娃，陪我们散步。"祝娟说。

李太和听后心里暖暖的，简短和妻子说了几句后就挂了电话。他往水泵飞奔而去，抱起水泵又快速返回，看着怀里这个铁疙瘩，抱它比抱儿子都多，李太和心里很是惭愧。

没有灾难不会过去，没有胜利不会到来。最先抵达火场的西昌大队上到木里火场的第 10 天，山火终于被彻底扑灭了。夜幕慢慢降临，空旷的宿营地上生起了一堆堆篝火，大家围坐在一起烤火御寒。不远处，地方扑火队员唱起了悠扬的藏族歌曲，跳着锅庄，这是难得的轻松时刻。

灭火结束后，从不同火线上下来的程雪力、周振生、卢耀强相遇了，他们 3 人平时虽然没有经常见面，但在微信里几乎每天都会联系，总队的公众号运营，他们 3 人是主力编辑，这次在火场相聚，每个人都有说不完的话，作为老大哥，程雪力交代他俩要好好收集素材，静下心来写写这些难忘的故事。

的确，他们被镜头里拼搏的森林消防员感动，特别是那些新消防员们，正在一点点迸发出守卫森林、守卫家乡、守卫祖国的澎湃动力。战斗间隙或者宿营的时候，周振生会找大家聊聊战斗、摆摆家常。战斗中，卢耀强拍摄了很多奋战在一线的队友，对上话时他都会说一声"辛苦了"。有的队员会回复一句："没有，没有。"有的会说："您辛苦。"那天，一位不知名的新消防员说的话让他动容："你们都来自天南海北，远离故土来守护我们的家乡，你们抛家舍业在这里付出，真的感觉你们很不容易，所以我们更要拼尽全力，为保卫家乡而战，要感谢你们，你们辛苦了。"

这次灭火，仲吉会最关心的就是西昌大队，从去年的"3·30"到今年的"3·28"森林火灾，这支被大火灼伤的队伍在烈火中"重生"了。他看到了一批新成长起来的班长骨干，还看到了新生力量的崛起。这次灭火作战，西昌大队新招录的消防员基本都上了火场，大家都在心里鼓着劲，要在实战中检验自己。新消防员基本都是四川本地人，有的曾经当过兵，有的曾经参加过灭火作战，有的第一次上火场，对本土作战有许多感想，有很大的拼劲。再过几天，这批新消防员将接受实习期结业考核，考核通过后他们将正式签约，成为一名合格的森林消防员。面对即将到来的考核，新消防员们个个成竹在胸。仲吉会觉得，在灭火作战这个大考场上角逐了那么多天，他们已经合格了。

后记

2019年3月31日，在四川木里森林火灾扑救中，中国森林消防队伍的27名指战员英勇牺牲在灭火一线，他们虽然牺牲了，但是他们的精神必将永存。

他们正值青春年华，本可以享受生活的美好，但是他们无怨无悔，选择了当一名国家综合性消防救援队员，选择了为人民奉献他们美好的青春。他们有的才刚满十八，有的才初为人夫，但是号声一响，他们就是冲锋在前的灭火英雄。

我们怎会忘记，我们怎能忘记这一张张曾经鲜活的面容？让我们静静地追思，深深地缅怀，把最深情的思念和最崇高的敬意，融入我们的行动中，为祖国再立新功。

让我们怀着无比沉痛的心情向逝去的森林消防队员默哀，唯愿天堂没有火灾，一路走好。他们为国家利益赴汤蹈火、牺牲奉献，他们是国家的英雄；他们用实际行动践行了习近平总书记授旗致训词的精神，用青春和热血诠释了刀山敢上、火海敢闯的战斗作风，用忠诚和担当谱写了一曲人民消防为人民的壮丽诗篇。

岁月静好，是因为有他们替我们负重前行。当无情的火魔吞噬大地的时候，他们却选择了勇敢逆行，用自己年轻的生命诠释了赴汤蹈火的铮铮誓言。

他们还未来得及享受青春的美好，还未来得及实现自己的理想，还未来得及孝敬逐渐老去的父母，便永远地离开了我们。但即使这样，当灾难再次降临，我们依旧会义无反顾地选择逆行，与灾难斗争到底。英雄们，请安息。我们一定会继承你们的遗志，履行好我们的职责，完成好党和人民赋予的使命，以实际行动践行绿色忠诚卫士的铮铮誓言。

他们是和平年代真正的战士，是战斗在生死一线的勇士。为了国家森林资源和人民群众生命财产安全，他们始终勇敢地与无情的自然灾害殊死搏斗。他们忠实践行"对党忠诚、纪律严明、赴汤蹈火、竭诚为民"的"四句话方针"，做党和人民的"守夜人"。面对祖国的召唤、人民的期待，他们一次次向火而行，他们一次次冲锋陷阵。请永远记住这样一群火场英雄，永远记住我们共同的名字——中国森林消防。